CW01486696

UNE AUTRE JEUNESSE

DU MÊME AUTEUR

La Côte sauvage
Seuil, 1960
et « Points », n° P119

Journal
(préface de François Mauriac)
Seuil, 1964
et « Points », n° P379

Le Feu à sa vie
(présenté par Michka Assayas)
Seuil, 1987

Jean-René Huguenin

UNE AUTRE JEUNESSE

Éditions du Seuil

TEXTE INTÉGRAL

ISBN 978-2-7578-3006-2
(ISBN 2-02-001043-7, 1ʳᵉ publication)

© Éditions du Seuil, 1965

Le Code de la propriété intellectuelle interdit les copies ou reproductions destinées à une utilisation collective. Toute représentation ou reproduction intégrale ou partielle faite par quelque procédé que ce soit, sans le consentement de l'auteur ou de ses ayants cause, est illicite et constitue une contrefaçon sanctionnée par les articles L. 335-2 et suivants du Code de la propriété intellectuelle.

I

CONTRE L'INDIFFÉRENCE

Leur solitude

On se revoit, n'est-ce pas ? On se téléphone. Prenons même rendez-vous tout de suite : voulez-vous demain ? Voulez-vous ce soir ? Ne nous quittons pas encore ! Sans doute n'avons-nous rien à nous dire, mais nous boirons tous ensemble, nous nous regarderons, nous nous serrerons bien les uns contre les autres, nous n'attendrons pas la mort tout seuls !

Il me semble qu'il augmente sans cesse, le nombre de ces malheureux que terrorise la perspective d'une soirée solitaire et qui, de leurs ailes blessées, volettent de dîner en dîner, de rendez-vous en rendez-vous, se raccrochant tant bien que mal, pendant les heures creuses qui leur restent et où la pesanteur de leur vide les aspire, au perchoir d'une télévision, d'un cinéma, d'un journal ou d'une fille. « C'est la vie moderne, soupirent-ils. On n'a plus de temps pour soi. » Ils hochent un peu la tête et ils cachent, de leurs paupières un instant recueillies, leurs yeux déserts.

C'est vrai que le monde moderne, ce monde savant qui prévoit tout, qui a réponse à tout, a négligé jusqu'ici le petit problème de notre intimité, de nos relations avec nous-même, ou plutôt s'est appliqué à le supprimer : travail en équipe, transports en commun, loisirs dirigés, tables rondes, brain-trusts, syndicats, associations, groupements et regroupements, depuis les grandes organisations politiques jusqu'aux détestables petites bandes de quartier, petits cénacles mondains – malheur à l'homme seul, malheur à celui qui n'a pas de relations, qui « ne participe pas », comme l'écrivait un de ces humanistes modernes qui, dans l'orgueil de leur naïve générosité, ont prétendu substituer à la religion une espèce d'idéal humanitaire et social, fondé sur le copinage viril et l'aide aux familles nombreuses.

Voilà donc les clans formés, les rangs serrés, chacun bien à sa place, numéroté, daté, comme un œuf dans sa boîte. Après tout, c'est un gage d'ordre et de paix : les solitaires sont des subversifs. Ils rêvent du pouvoir. Ils font des œuvres. Ils inquiètent le peuple. César, Pascal, Napoléon, Beethoven, Chateaubriand, Flaubert... C'est dans la solitude que se sont développés leur dangereux génie, leur personnalité, leurs oppositions. « Ne soyez pas différents ! nous crie le monde moderne. Achetez standard, prenez le menu type, faites comme tout le monde : ressemblez-vous les uns les autres ! » Et grâce à des techniques achevées d'éducation, de propagande, on commence à pouvoir fabriquer des générations entières sur le même modèle, par exemple (comme dans ces miroirs de tailleurs qui renvoient indéfiniment la même image) des millions de petits Américains en chemises à fleurs, la bouche entrouverte, ondoyant du ventre devant une machine à sous.

Quant à la maison, au home, au « chez-soi », il a depuis longtemps cessé de protéger notre solitude. Les autres y ont d'abord introduit leurs voix ; maintenant ils y promènent leurs visages, sur de petits écrans. On construit déjà des appartements sans portes, ouverts à tout venant, on bâtit des maisons de verre, et le jour viendra peut-être où nous vieillirons tous ensemble dans un immense H.L.M. sans cloisons, une sorte de parc à bestiaux, une arche de Noé qui ne nous sauvera pas.

Mais, pour beaucoup, les contraintes de la vie moderne servent aussi de bonne excuse à la nullité de leur vie intérieure. Ceux qui pourraient le plus facilement échapper à de telles contraintes, les plus riches, les plus désœuvrés, sont aussi les plus acharnés à sortir, à se lier, ou plutôt – selon une expression qui évoque bien leur lassitude, leur poignée de main paresseuse et liquide – à « se répandre ». La solitude les effraie, comme elle effraie tous ceux que nul amour n'occupe, ou que nulle curiosité, nul combat ne distrait de l'obsession fatale : « Le temps passe ! » L'ennui est une préfiguration de l'anéantissement éternel, et c'est l'ennui, la peur, la peur de la mort, qui les jette hors de leur chambre et les précipite les uns contre les autres, parlant, faisant du bruit, des gestes, avides d'interposer, entre eux et la vision inévitable qui se dresse au bout de leur route déserte, des écrans de fortune.

Le succès de Françoise Sagan n'est pas un hasard : elle parle de l'ennui à des gens qui s'ennuient. La médiocrité de ses héros rassure les lecteurs. Elle les exalte même, car Françoise Sagan excelle à évoquer cette ivresse propre au dégoût, cette euphorie du désespoir – pareille à l'ultime volupté des pendus – et qui donne sans doute à ses lecteurs, sur le moment, un petit avant-goût de destinée tragique, d'aventure spirituelle.

Passe encore de ne pouvoir supporter la solitude ; le drame est de ne pouvoir lui échapper. Les hommes du XXe siècle, parce qu'ils sont de moins en moins solitaires, sont justement de plus en plus seuls. Toutes les proies s'évanouissent entre leurs mains ; au milieu de tant de bruit, c'est encore le temps qu'ils entendent ; et à travers tant de visages, dont la transparence n'arrête pas leurs regards, c'est toujours la mort qu'ils aperçoivent, comme la seule réalité, la seule évidence, la seule chose vivante en ce monde.

Peut-être même la seule désirable. Ils ne trouvent personne à aimer dans ce ballet de fantômes – pas un être qui puisse les occuper plus longtemps que durant les quelques instants où ils frémissent entre ses bras – et ils songent que le sort est injuste : cet être existe sûrement quelque part, il suffirait d'un hasard… sans comprendre que ce n'est pas la rencontre qui crée l'amour, mais l'amour qui crée la rencontre. Benjamin Constant note dans son Journal que le besoin d'aimer revient périodiquement, comme le sommeil ou l'appétit ; le miracle est justement que cette soif insatisfaite finisse presque toujours par trouver son objet, comme si le visage que nous aimons était son œuvre, avait tout à coup jailli de nous-même, et que le hasard, dont on cherche vainement les lois, dont l'apparente gratuité nous émerveille et nous torture, ne fût tout simplement que la matérialisation de nos rêves.

Les grandes amours sont des amours de solitaires. Les rêveries de l'adolescent, son désir éperdu d'aimer, ses longs dimanches traversés de sylphides préparent, accumulent, cristallisent, dans le secret de leur recueillement douloureux, les aliments dont sa passion se nourrira. Racine disait que sa pièce était presque faite lorsqu'il ne lui restait plus qu'à l'écrire ; l'amour est presque né lorsqu'il ne lui manque plus que son objet.

Hélas ! l'image de cet adolescent solitaire, souvent, n'est plus qu'une image d'Épinal. Je connais des petits garçons de treize ans qui organisent déjà des surprises-parties – et qui s'y ennuient. On possède aujourd'hui avant d'avoir désiré. On satisfait sur-le-champ la moindre de ses gourmandises. À tous les niveaux de l'échelle sociale nous sommes des enfants gâtés – ou plutôt des enfants qui se gâtent, qui se passent tous leurs caprices, ne se refusent rien, ne se privent de rien, ne se résistent jamais.

Ce monde d'impuissants

Ça y est. La nouvelle est officielle : on a pêché *La Truite* de Schubert. L'animal n'a pas pesé lourd entre les mains d'un compositeur moderne – qui a conservé la musique, mais en la rythmant, en lui donnant du nerf, et récrit le poème : cela s'appellera désormais *Le Twist* de Schubert. Un grand chanteur de twist l'a récemment présenté lui-même à la télévision. C'était un plaisir de voir sa jambe gauche se tordre et se déplier comme un poisson dans un filet. Les mélomanes se réjouiront sûrement de cette preuve que la musique classique ne se démode pas. D'autant qu'il y a encore bien des filons à explorer, les chœurs de la *Neuvième* par exemple, qui sont très dansants.

Ce qu'il y a d'original dans le twist, ou dans son jeune rival le madison, ce n'est pas tant la laideur des mouvements que la solitude des danseurs. On ne se touche pas ; on ne se regarde pas ; on n'est deux que par habitude. Chacun garde les yeux rivés sur les convulsions de ses propres hanches et ne relève qu'avec effort, lorsque la musique s'arrête, un regard fanatique et brouillé. Certains paraissent même avoir retrouvé le secret des danses primitives et, grâce à la subtile cadence de leurs déhanchements, parvenir au plaisir suprême. Puis on revient s'asseoir à sa table, on souffle, on attend sans parler la prochaine danse. Étrange société moderne, dont les membres ne peuvent plus ni supporter leur isolement ni échapper à leur solitude ! Il y a trente ans, sans doute leurs pères fréquentaient-ils aussi les boîtes de nuit, mais l'œil allumé, la pochette coquine, cherchant au moins une compagne de plaisir. Aujourd'hui la communication semble devenue impossible, même dans le plaisir. Les jeux les plus en vogue sont ceux auxquels on peut jouer seul : le bowling, le karting, et surtout cette invention bénie, au pied de laquelle se ruent, à peine sortis du lycée ou du bureau, des armées de solitaires brusquement dépaysés par leurs loisirs : la machine à sous. Chaque soir, des milliers d'adorateurs viennent offrir leur obole au doux monstre cliquetant et le saluer de leurs contorsions rituelles, en le pressant à petits coups amicaux de leur ventre et de leurs poignets. Ils restent là des heures, immobiles, secoués de légers spasmes, fixant les hoquets de la bille d'argent. Qu'attendent-ils ? Quel charme les retient ? Ils ne peuvent même pas espérer perfectionner leur technique, car ce n'est pas un jeu d'adresse, ni battre un concurrent puisque chacun joue seul. Je crois simplement qu'ils passent le temps, que la grande obsession des hommes d'aujourd'hui est de trouver non des distractions qui les amusent, mais des passe-temps, des habitudes, des occupations dont la monotonie s'accorde à l'effrayante neutralité de leur âme. Le twist, la machine à sous ont l'avantage de les accaparer sans les contraindre à l'effort de penser, d'inventer ou de donner – l'avantage, en somme, de les débarrasser d'eux-mêmes, spectacle ennuyeux où il ne se passe jamais rien, pareil à un film nouvelle vague.

Car ces isolés ont peur de la solitude. Non que leur imagination la peuple de cauchemars, au contraire : leur imagination est en panne, elle a cessé de remplir sa fonction vitale, qui est de nous protéger du silence et de la nuit, de faire parler la réalité, cette réalité muette, transparente, insignifiante, que seuls nos rêves parviennent à matérialiser, à rendre supportable. Les plus ambitieux ont beau faire l'apologie du réel – nouveau roman, musique concrète, défoulement… –, ils ne rassurent personne. L'étude détaillée, l'examen désespérément scientifique d'un objet ne nous le rendent pas plus cher, mais seulement plus inhabité, plus irritant, plus étranger. Les plus avancés ont beau se féliciter de la mort des dieux, des mythes et des rêves, et saluer l'avènement triomphal de l'humanité – le beau résultat ! Peut-être les dieux et les rêves apportaient-ils justement ce qui manque le plus à l'homme moderne : un moyen de se séduire soi-même. La morale, en nous persuadant que nous étions l'enjeu souverain de la lutte du Bien et du Mal, offrait au moins l'avantage de nous faire croire à notre importance. Chacun savait comment se plaire… Tandis qu'aujourd'hui, au beau royaume des humanistes, les hommes ne se sont jamais tant méprisés. C'est le comble de l'ironie que nous ayons attendu de ne plus croire à l'autre monde pour découvrir la vanité de celui-ci et le peu de prix de ceux qui l'habitent. On voudrait se plaindre, mais de quoi ? Les héros d'un certain cinéma moderne – James Dean par exemple – sont des bègues, presque des muets, des êtres qui ne savent pas où ils ont mal, qui ne peuvent même pas décrire leur douleur et qui désespèrent non de la vie, mais de leur impuissance.

Monde d'impuissants ! On feint de dénoncer l'érotisme moderne, mais nous sommes loin des luxueuses orgies de Rome, où une société déchaînée, ivre de la chute, allait au moins jusqu'au bout de ses folies et de ses vices. Notre folie est plus discrète, mais plus profonde. Un homme capable de rester durant des heures à plier et déplier une jambe ou à tapoter une machine à sous me paraît finalement dans un état de démence beaucoup plus avancé qu'un débauché ou un ivrogne. Ceux-là cherchent au moins des remèdes, des techniques de la béatitude. À leur manière, ils protestent encore, ils se débattent. Tandis qu'aujourd'hui, résignés à ne plus parler, à ne plus rien attendre, les lèvres closes et le regard gelé, certains êtres semblent avoir atteint une sorte d'état d'hypnose continue, grâce auquel ils ne sentent même plus l'ennui qui les y a jetés. « Twist... Twist... Twist again ! »

L'homme, cet objet

La semaine dernière, des savants italiens ont pu maintenir un fœtus en vie, pendant vingt-huit jours, dans un milieu artificiel. Les savants français laissent entendre qu'ils ne sont pas en retard. Nos mamans nous disaient : « Je vais t'acheter une petite sœur », les mamans de demain pourront ajouter : « Viens la choisir avec moi. » On ira dans les grands magasins faire du lèche-bébés : on choisira un intellectuel semi-gras, ou un sentimental pur chair, de neuf livres, avec trois mois de garantie. Le temps du Dieu fait Homme est mort ; voici venir le temps de l'Homme-objet.

Lorsque j'étais en philo, une phrase de Claude Bernard me fascinait : « Nous pouvons savoir comment l'opium fait dormir, mais nous ne saurons jamais pourquoi. » Voilà justement ce qui serait intéressant, me disais-je : savoir pourquoi. J'ignorais encore qu'une telle question péchât contre l'esprit positif, le monde moderne et le sens de l'Histoire. Que notre siècle s'appliquait à l'oublier, et à faire disparaître avec elle ceux qui l'ont inventée, qui la posent à chaque instant au risque de troubler, avec l'insolence de leur cœur curieux, l'harmonie nouvelle fondée sur le progrès et le confort de l'indifférence : les enfants – et leurs grands frères les métaphysiciens. Mauriac, je crois, disait un jour : « Il n'y a pas de petites filles ; il n'y a que de petites femmes. » Il me semble qu'il y a de moins en moins de petits garçons ; et ce n'est pas l'éducation qu'ils reçoivent, ni cette indulgence fatiguée, plus faible que tendre, dont on les entoure, ni même les spectacles de télévision qui leur sont destinés, et auxquels ils assistent dès l'âge de cinq ans, qui leur rendront leur enfance.

L'enfance se meurt, le cher Bernanos l'a déjà dit, mille fois mieux dit, persuadé d'ailleurs que le monde entier resterait sourd à ses cris gênants et répétant tout de même, jusqu'à la fin, sa vieille chanson solitaire, avec une sorte d'entêtement sublime auquel *L'Express* a rendu hommage, la semaine dernière, en le qualifiant de « petite bête irréductible ». L'enfance se meurt, l'enfance est morte. Il n'est pas nécessaire d'être très clairvoyant pour reconnaître que sa chute est liée à celle de l'amour. Les tendresses de l'âge mûr, les baisers que nous échangeons, ce sont nos lèvres d'hier qui les donnent et qui les reçoivent, des lèvres d'enfant survivant. En découvrant le complexe d'Œdipe, Freud a mis beaucoup de science à nous répéter ce que depuis longtemps un peu de cœur nous avait appris.

« Il n'y a plus d'enfants. » Je ne serais pas étonné que cette locution populaire soit apparue au moment où Rimbaud se plaignait que l'amour fût « à réinventer », tandis que Nietzsche tonnait : « Dieu est mort. » Le célèbre constat, plein d'orgueil et de douleur, fut contresigné par Auguste Comte et Renan. Pareils à des juges qu'une victime obsède, Nietzsche, devenu fou, signa ses lettres du nom de « crucifié », et Comte, après une crise de démence, voulut réinventer la religion, s'institua grand prêtre de l'humanité et divinisa Clotilde de Vaux, la jeune fille qu'il avait aimée, sous le nom de sainte Clotilde. Le bon vieux Renan fut le seul à ramasser les honneurs et à conserver jusqu'au bout sur les lèvres un sourire confit dans la graisse et le dégoût.

Mort de l'enfance, mort de l'amour, mort de la foi, il n'y a rien là qui puisse nous surprendre, nous en sommes informés depuis longtemps, même si nous faisons la sourde oreille, désespérément, comme ces prêtres avancés qui se sentent en retard et qui, entre deux bréviaires, se jettent avec une gourmandise pathétique sur l'*Introduction à la psychanalyse* et la théorie des tabous. De toutes ces morts, Mme Carmen Tessier tire chaque jour, dans *France-soir*, le malicieux commentaire : « On n'arrête pas le progrès. »

Il ne s'agit pas d'arrêter le progrès. À part les guerriers balubas, plus personne ne songe sérieusement à attaquer les machines à vapeur. Ce ne sont pas les conquêtes de la science qui peuvent nous inquiéter, mais la prolifération de ses méthodes dans des domaines qui ne lui doivent rien, n'ont rien de commun avec elle, ne pourront strictement rien en apprendre. Dans un dernier numéro de *Arts*, Charles Lapicque a merveilleusement démontré la vanité, le snobisme et la niaiserie qui poussent une certaine peinture à se réclamer des dernières découvertes scientifiques et à justifier ses toiles les plus aberrantes par la géométrie non euclidienne ou la mécanique ondulatoire. « Le savoir, disait déjà Nietzsche dans ses prophéties sur le XXe siècle, risque de se venger sur nous comme l'ignorance s'est vengée sur nous au Moyen Âge... Les hypothèses de la science moderne peuvent être interprétées dans le sens de l'abrutissement. »

Hélas, la peinture n'est pas seule à se vouloir touchée par cette grâce démente. S'il y a aujourd'hui un esprit qui souffle où il veut, c'est bien l'esprit scientifique. Enfin délivrés du « pourquoi », cette dangereuse question qui ne se posait que dans l'angoisse et ne se résolvait que dans l'effort, apportant à certains les contraintes du salut, à la plupart les exigences de quelque idéal et à tous la nécessité quotidienne de choisir, donc de se priver, les hommes du XXᵉ siècle, préoccupés seulement de connaître le « comment » des phénomènes, se sont peu à peu contentés du rôle d'observateurs – au mieux d'analystes. Indifférents à savoir où ils vont, ils ne s'interrogent plus que sur les moyens d'y aller. L'imagination et la volonté sont devenues superflues. L'esprit scientifique s'intéresse à l'objet, c'est-à-dire à ce qui subsiste, à ce qui résiste. Il n'a que faire de l'imagination, cette « folle du logis », légère, fuyante, volage, toujours prête à dissimuler, à défigurer le réel. Privés de Dieu, les hommes du XXᵉ siècle n'ont même plus le secours d'implorer cette fée fragile, qui, sans doute, en s'évanouissant, laissait derrière elle un sillage amer, mais qui avait du moins exaucé, pour quelques instants, nos désirs, ainsi qu'une prière fugitive, miraculeuse.

Cette absence d'imagination explique peut-être que le problème du langage soit devenu l'obsession des intellectuels. Pour qu'un mot signifie quelque chose, il ne suffit pas de le prononcer ; il faut imaginer ce qu'il désigne. Sinon ce mot cesse d'être un écrin de l'objet pour devenir objet lui-même. (On ne songe pas assez au drame de l'intellectuel moderne face à un fauteuil, par exemple – c'est-à-dire à trois objets : lui-même, le fauteuil et le mot fauteuil.) Non, il ne s'agit pas de rêver mais d'observer l'objet, donc de lui obéir. Réalistes, attentifs, soumis, ils ont oublié de vouloir. Ils regardent. Ils écoutent. Écoliers exemplaires, ils attendent, sagement assis sur leur banc, l'heure de la cloche. Mourir ? C'est trop dire. Ils changent de place. Simplement, de temps à autre, quand une guerre les menace, ils rentrent un peu la tête dans les épaules, en espérant que cela passera. Si « cela » ne passe pas, eh bien, tant pis : ils la font. Ils songent bien, tandis qu'ils prennent paisiblement la file, serrant au bout de leur main morne un canon de fusil sans fleur, que personne ne désire vraiment aller se battre. Cette répugnance n'est pas particulièrement moderne, j'en conviens ; mais voici ce qui est moderne : s'il était en leur pouvoir de changer leur destinée, qui, parmi eux, s'y résoudrait ?

Car le Dieu d'aujourd'hui, ce n'est pas la Science, ni la Matière, ni l'Argent ; c'est le Destin. On ne vit pas, on assiste à sa vie. La plupart d'entre nous ne sont plus que des spectateurs d'eux-mêmes, qui se regardent agir, s'écoutent parler et se laissent tout doucement vieillir, sans résister, sans souffrir, comme s'ils étaient nés à la fois désespérés et invulnérables, pleins de cette paix transparente et froide qui continue de baigner, dans les moments les plus sanglants, les meurtriers et les victimes des tragédies. Je n'affirme pas qu'ils n'éprouvent rien. Comment dire ? Ils sont indifférents à ce qu'ils éprouvent. Amoureux étranges qui ne cherchent pas à retenir leur amour ! Qui souffrent, mais à qui la douleur ne fait pas mal… Comme si nous nous étions définitivement dédoublés et que le sujet qui était en nous, ce *je*, auquel il appartenait de décider, de vouloir, brusquement paralysé, contemplât les évolutions du moi avec une sorte de désintéressement scientifique.

Où est le bon vieux temps où l'homme était un loup pour l'homme ? À tout prendre, mieux vaut un loup qu'un objet, et la lutte franche plutôt que cette minutieuse observation mutuelle, destinée – sous le prétexte menteur de découvrir des lois utiles, des critères de bonheur – à assouvir cette espèce de passion glacée qui nous tient désormais lieu de charité. Sociologues, psychiatres, politiciens, enquêteurs et démarcheurs publicitaires s'acharnent à définir, à coups de gallups et de sondages, ces lois secrètes de nos aspirations et de notre comportement, à la façon dont on analyse la synthèse chlorophyllienne des plantes vertes. « Objet, dit Littré : tout ce qui est en dehors de l'âme. »

Il ne faudrait pas croire, d'ailleurs, que ces sciences de l'homme soient désintéressées. Les renseignements qu'elles accumulent préparent la plus secrète et la plus tenace des dictatures. On saura peu à peu, compte tenu de telle et telle loi, par quels moyens obtenir tel ou tel effet sur les masses. Pareilles connaissances auraient fait la joie d'Hitler et de Mussolini, qui ne se faisaient pas faute, eux non plus, de réduire les hommes à des objets, mais avaient le tact de s'en vanter peut-être un peu moins fort que certains intellectuels français qui se prennent pour

les colonnes du temple de la liberté. Il est particulièrement plaisant de retrouver ces tentations fascistes dans le
dernier numéro d'un grand hebdomadaire, sous la forme
d'une apologie de l'homme-objet, que nous devons
à Boileau-Narcejac : « Dashiell Hammett, le premier, a
compris qu'on pouvait faire une œuvre d'art en refusant
toute idéologie, en traitant l'homme comme une chose. »

Dashiell Hammett n'était qu'un précurseur. « J'aime
ces merveilleux objets que sont les gens », déclare
Michel Butor. Robbe-Grillet fonde l'école objectale. Il
n'est pas question de discuter le talent, depuis longtemps évident et reconnu, d'Alain Robbe-Grillet, de
Michel Butor ou de Claude Simon, mais de tenter de
définir leur méthode. L'originalité du Nouveau Roman
consiste à abolir la distinction entre le personnage et
l'objet. Un train, une ville, un paquet sont aussi bien
les héros d'un livre que les êtres vivants (on ne saurait
dire : les personnages) qui s'y trouvent. Pour décrire
ces êtres vivants dans une perspective scientifique,
c'est-à-dire en tant qu'objets, il convient naturellement
de les dépouiller de leurs qualités humaines : le sentiment, la volonté, la pensée. Ils sont indifférents – ce qui
n'est d'ailleurs pas un privilège du Nouveau Roman.
Ils sont abouliques, dans la mesure où leurs actes se
succèdent comme malgré eux – ou plutôt à côté d'eux,
sans qu'ils interviennent jamais consciemment dans le
déroulement de leur propre histoire ; au besoin on les
met dans un train (M. Butor : *La Modification*), ou sur
un cheval (Cl. Simon : *La Route des Flandres*) ou
encore ils risquent leur vie pour porter un paquet dont
ils ignorent le contenu (A. Robbe-Grillet : *Le Labyrinthe*). L'essentiel est qu'ils demeurent irresponsables.

Irresponsables et, si possible, inconscients, privés de pensée ; leur pensée apparaît comme un amalgame de sensations confuses – odeurs, bruits, objets, souvenirs d'objets. Ce n'est même plus « l'infrapsychologie » de Nathalie Sarraute, mais plutôt une sorte de phénoméno-logie des sensations.

Indifférents, insconscients, sans volonté, ces êtres ne sont pas encore tout à fait des objets : tout est perdu s'ils parlent. Aussi parlent-ils le moins possible, sauf dans les romans de Claude Simon où – indiscipline ? ascendance méridionale ? – ils sont volontiers bavards. Aussi Claude Simon, sacrifiant tirets et guillemets, prend-il le soin de fondre les dialogues dans le récit, au point de les faire passer, avec beaucoup d'art, presque inaperçus.

Ils ne parlent pas. Soit. Mais s'ils allaient bouger ? Est-ce qu'un objet bouge ? Comme il est d'autre part impossible de les laisser debout à la même place durant tout le récit, l'habileté du Nouveau Roman consistera à étouffer, par la monotonie du mouvement ou la répéti-tion du même paysage, la sensation de mobilité. *Le Voyeur* (A. Robbe-Grillet) tourne en rond dans une île dont tous les rochers se ressemblent, sont tous blanchis par le même océan, selon le même rythme continu des vagues. Le héros de *La Route des Flandres* est tantôt à cheval, tantôt couché sur un lit. Plus sage encore, celui de *La Modification* reste assis dans un compartiment de chemin de fer où il évoque des voyages analogues, sur la même ligne, dans un compartiment semblable.

Voilà donc l'homme privé de tous les avantages qui le distinguaient de l'objet. Reste un avantage que l'objet garde sur lui : l'objet dure. Il serait délicat et peu scientifique d'inventer des hommes immortels, mais l'on peut, à défaut, supprimer les sensations de temps. Il suffit d'abolir la notion de causalité, ou encore ce que Kant appelait « l'ordre de succession » des phénomènes. Le temps, dans le Nouveau Roman, n'est plus qu'une série d'instants juxtaposés, dont la succession dans le récit ne dépend pas de la chronologie, mais de l'arbitraire – ou plutôt de l'esthétique du narrateur. Parfois certaines scènes, certaines phrases reparaissent à plusieurs pages d'intervalle, rigoureusement identiques. Robbe-Grillet excelle dans cette technique, d'où il tire une singulière harmonie.

Il s'agit là d'une méthode. Non d'une métaphysique. « Le monde n'est ni signifiant ni absurde ; il est. » Cette profession de foi d'Alain Robbe-Grillet constitue tout au plus une esthétique littéraire – n'en déplaise à quelques jeunes intellectuels qu'éblouissent aussi les déclarations de Roland Barthes sur l'insignifiance du monde ; ils trouveraient une nourriture plus substantielle en lisant Nietzsche, pour qui, un siècle plus tôt, ces conclusions servaient tout juste de prémisses.

Non, le Nouveau Roman n'a pas de prétentions métaphysiques ; c'est d'ailleurs ce qui le définit le mieux, et dont il se fait une étrange gloire. « L'écrivain est celui qui n'a rien à dire » confiait Robbe-Grillet à *L'Express*. Et Claude Simon : « Je n'ai jamais pu rien inventer. » Ces déclarations ne vont pas sans quelque coquetterie, et le talent de leurs auteurs les contredit.

Il faut reconnaître que les efforts de Malraux et de Saint-Exupéry, puis de Sartre et de Camus pour reposer l'éternelle question du « pourquoi » et lui chercher quelque réponse nouvelle justifient le découragement de leurs successeurs littéraires. Les héros de Malraux sont des aventuriers déguisés derrière des passions politiques dont l'inconstance et la précarité ne sauraient plus nous abuser. L'humanisme de Saint-Exupéry est touchant, mais limité à l'usage des aviateurs et des jeunes filles. Sartre et Camus ont eu le mérite d'aller plus loin et la douleur de tomber plus bas : l'absurde ; nous ne sortons pas de là. Que faire ? S'entêter dans le positivisme, le scientisme universel, et prolonger en littérature les traces du Nouveau Roman sur une neige déserte, où ne s'inscrira jamais la moindre empreinte humaine ? Ou retrouver le temps perdu, choisir de s'émouvoir, inventer secrètement quelque Dieu ? « Au fond, disait Nietzsche, seul le Dieu moral est réfuté. » Le XXe siècle, dans son indigence spirituelle, a été jusqu'ici incapable de poursuivre : quel est ce Dieu qui demeure ?

La psychanalyse, une consolation

La psychanalyse, qui est censée guérir les passions, a au moins un avantage : elle les suscite. Dans sa remarquable étude sur *La Psychanalyse, son image et son public*, Serge Moscovici a analysé, grâce au dépouillement systématique de la presse, les réactions du catholicisme et du communisme face à cette jeune science qui est devenue leur rivale dans la course au bonheur. Sur le Christ, qui promettait un bonheur éternel mais par-delà la mort, Marx avait déjà surenchéri en offrant un bonheur terrestre – moins lointain, repoussé au fond de l'avenir, au bout de sacrifices dont les victimes volontaires ne connaîtraient jamais la récompense. Freud est plus alléchant : il offre un bonheur immédiat, à la portée de tous, la joie par la santé psychique, l'équilibre absolu. Catholiques et communistes se sentent menacés : on leur vole le monopole de l'idéal tout en copiant leurs techniques. Le psychanalyste concurrence le prêtre et le chef de cellule ; les confidences et les récits de rêves remplacent la confession et l'autocritique ; au lieu de quêtes ou de cotisations, des honoraires médicaux. Enfin un avantage certain, redoutable : pas de lois ni d'interdits, pas de pénitence ni de punition, pas d'enfer ni de mines de sel. Le « client » n'a rien à perdre : il risque seulement de guérir.

Devant cet ennemi commun, chrétiens et marxistes ressentent une espèce de solidarité, pareille à celle qui réunissait autrefois, avant la guerre, certains soirs de révolte, les syndicalistes de gauche et les jeunes « camelots du Roy », marchant la main dans la main contre les forces de l'ordre, contre les défenseurs de la bourgeoisie républicaine. « Il est triste de constater, lit-on en 1950 dans *La Pensée catholique*, que certaines réactions, à tout prendre judicieuses, contre le freudisme, sont le fait de psychiatres marxistes dont la compétence professionnelle est réelle. »

Les catholiques et les communistes ont cependant des réactions différentes : les premiers restent divisés ; les seconds sont tous du même avis, mais ils en changent. Sans doute est-ce là un problème douloureux pour les marxistes : inféodés à la politique, ils sont sans cesse contraints d'adapter des théories qui se veulent métaphysiques à des événements qui restent contingents, à des décisions de pure opportunité. Jusqu'en 1949, la propagande antipsychanalytique reste modérée dans la presse communiste. Certes l'opposition est relativement ancienne. Serge Moscovici rappelle que « l'une des raisons de la scission du mouvement surréaliste (Aragon, Sadoul) fut précisément son adhésion à quelques aspects frappants (rêve, sexualité) de l'œuvre de Freud ». En Union soviétique, il n'y a jamais eu de psychanalystes ni de psychotechniciens. Cela est logique : pour Marx, l'homme est le produit de sa condition matérielle et sociale : pour Freud, au contraire, la destinée de chacun dépend de sa vie secrète, inconsciente. Une philosophie fondée sur le matérialisme historique et la lutte des classes ne peut admettre une philosophie fondée sur l'histoire individuelle et la lutte du conscient contre l'inconscient. On ne saurait définir le meilleur des mondes comme celui où chacun recevra « selon ses besoins », et reconnaître en même temps qu'il y a des besoins impossibles à satisfaire, placés sous la dépendance mystérieuse de la libido.

1949 : le plan Marshall entre en application ; la guerre froide commence ; l'opposition sourde des communistes à la psychanalyse se transforme en polémique passionnée. Traitée de « philosophie de boudoir », de « doctrine mystifiante » et parfois – suprême injure – qualifiée d'« américaine », la psychanalyse est attaquée sur trois fronts.

Elle est d'abord « obscurantiste et réactionnaire », ce qui l'oppose terme à terme à la doctrine marxiste, qui se veut éclairée, scientifique et croit en un progrès indéfini. « Idéaliste quant à la méthode, écrit en 1951 un journaliste communiste, la psychanalyse rejoint la famille des idéologies fondées sur l'irrationnel jusques et y compris l'idéologie nazie. Hitler ne faisait pas autre chose en cultivant les mythes de la race et du sang, forme nazie de l'irrationnel des instincts. » La comparaison n'est pas douce ; on la juge habile ; elle ressert : « La médecine hitlérienne avait remis en honneur l'astrologie, la magie, les guérisseurs, écrit *La Pensée*. La médecine à la mode de Truman remet en honneur la possession diabolique et la psychanalyse. » Voilà donc les « chasseurs de sorcières », les « dompteurs de lions », les « aboyeurs publics » condamnés en bloc, eux et leur « prétendue science », au nom de cette première loi marxiste : il n'y a pas de mythe qui ne soit un mensonge, pas de mystère qui ne soit une mystification.

La psychanalyse est d'autre part un produit de la culture bourgeoise, et plus précisément de la civilisation américaine, dont elle « sert admirablement l'armement idéologique ». Voilà le point crucial, la clé du conflit : les marxistes n'ignorent pas que la faiblesse de l'Occident moderne est de n'avoir pas su rajeunir ou renouveler l'idéal collectif. La démocratie classique multiplie les concessions, se suicide peu à peu, tend les bras à la dictature pour faire face aux exigences de notre temps ; l'individualisme libéral a cessé d'être une mystique, à mesure qu'il se confondait avec le matérialisme bourgeois : chacun pour ses poches. Quant à l'Église, encore solide, ils comptent la miner patiemment en s'y infiltrant avec douceur, et il faut reconnaître que leurs têtes de pont ont déjà fait, dans certains milieux avancés, du joli travail. Mais la psychanalyse les inquiète. C'est une fâcheuse attaque de diversion. Elle risque de détourner le travailleur de ce qui devrait être son objectif unique : la victoire du prolétariat ; de le persuader que la cause de ses maux n'est pas dans la structure vicieuse de la société, mais dans celle de sa conscience, et qu'enfin il peut fort bien guérir de sa misère sans rien changer à l'ordre établi. « Elle (la psychanalyse) revient maintenant – après la guerre – (des États-Unis) par le canal qui soutient le mode de vie américain, écrit *La Nouvelle Critique*. Les forces de progrès et de paix se sont trouvées tenues de s'inquiéter d'une telle situation, de rechercher dans quelle mesure se développait, sous le couvert d'une activité prétendue scientifique, une idéologie impliquant des fins plus ou moins avouées de conservation et de régression sociale. » Les marxistes sont d'autant plus inquiets que la psychanalyse, si elle ne concourt pas encore « au soutien du manœuvre léger », a commencé à se répandre dans les milieux populaires, parmi ces êtres qui ont toujours été les plus vulnérables aux illusions, les plus prompts à se jeter sur n'importe quel mirage de consolation, et aussi les plus dangereux véhicules de toute propagande : les femmes. Les hebdomadaires à grand tirage, la presse du cœur, les courriers du cœur, jettent le poison d'une foi rivale dans l'âme de leurs propres fidèles. « Cette place essentielle, accordée à la psychanalyse dans la propagande réactionnaire destinée aux femmes ne doit pas nous surprendre. » Elle ne les surprend pas, mais elle les gêne.

En dernier lieu, la psychanalyse est accusée d'être une technique de perversion : « L'érotisme y prend figure de phénomène scientifique et les mœurs anormales et dépravées y sont décrites en toute objectivité », lit-on en 1951 dans *La Nouvelle Critique*. Et *L'Humanité* dénonce « l'invasion qui commence du sordide, du malsain ». Il est curieux de voir s'éveiller ainsi une « morale de gauche », de nouveau en parfait accord avec la morale catholique.

1955 : le vent tourne ; c'est la détente, la reprise des négociations Est-Ouest. Brusquement – étrange coïncidence – la psychanalyse rentre en grâce. « Freud a 100 ans, écrit *La Raison* en 1957. Rendons hommage au chercheur génial et scrupuleux, à l'observateur perspicace et prudent, au clinicien avisé, à l'homme généreux et honnête. Mais, pour nous, ce centenaire n'est pas uniquement le prétexte à de stériles effusions. C'est l'occasion d'un bilan. Non pas celle d'une "déchirante révision" de nos positions, mais d'un effort de réflexion approfondie sur ce phénomène complexe et contradictoire qu'est la psychanalyse. Elle a conquis tous les domaines. Elle est dans le ciel équivoque des idées, mais aussi sur le terrain inébranlable de la clinique. Elle a acquis droit de cité dans la science ; elle est la seule psychothérapie qui s'inspire d'une doctrine et possède une technique. » Il y a beaucoup de courage dans ce retour sur soi-même. Voilà la « philosophie de boudoir » qui reçoit, par la bouche de ses détracteurs, « droit de cité dans la science ». Quelle école d'humilité que le marxisme ! Avec quel embarras, quelle touchante gaucherie ses défenseurs essaient-ils de justifier leur revirement, et de fonder, grâce à des artifices de logique désespérés, la cohérence de leur doctrine sur les contradictions de leurs jugements ! « Il apparaît donc qu'il y a des *conditions politiques* de notre critique », avoue dans *La Raison*, sur le ton ingénu de la découverte, un écrivain marxiste. « On pourra alors nous accuser d'être des opportunistes, s'empresse-t-il d'ajouter, et de juger en fonction d'impératifs politiques immédiats. » En effet. « Mais c'est là une erreur d'optique à la fois grave et ridicule, car elle consiste à nous attribuer un mode de pensée qui est précisément celui de nos adversaires. » Il faut vraiment être à court d'arguments pour se contenter d'une défense aussi puérile.

Le problème, pour les marxistes, est donc aujour-d'hui de reconnaître les vertus thérapeutiques de la psychanalyse tout en refusant ses postulats philoso-phiques. C'est devant la même nécessité ingrate que se trouvent placés les catholiques. Mais, parce qu'ils sont relativement plus libres de leurs opinions, ils sont aussi plus divisés.

Les catholiques intégristes sont résolument hostiles au freudisme. « La psychanalyse, comme moyen cura-tif, n'est pas seulement une école d'irresponsabilité, mais aussi un instrument par lequel l'homme est déshu-manisé », écrit le R. P. Gemeli. *La Pensée catholique* mène une lutte acharnée : « Sous prétexte de science et grâce au prestige dont jouit ce qui se pare de ce grand nom, tous les voiles vont être mis en pièces, les soucis les plus élémentaires de pudeur vont être piétinés. Les hommes, par ce détour de la science, ont trouvé des moyens de profaner en paix leur propre mystère, de se jeter à la figure des expressions qui les ravalent, parce qu'elles impliquent la dégradation de leur propre mys-tère. Une collection de complexes ignominieux excogi-tés par les racleurs de poubelle psychique, voilà les aimables choses dont il devient courant de parler et d'écrire… »

Ce que les catholiques intégristes reprochent avant tout à la psychanalyse, c'est son aspect profanatoire : elle attente au mystère de l'âme. Ils s'inspirent au fond du même principe que Freud : c'est que la conscience tue. « Une affection qui est une passion, disait déjà Spinoza, cesse d'être une passion dès que nous en formons une idée claire et distincte. » Mais ce pouvoir meurtrier de la conscience, dont Freud fait un élément de la santé psychique, un brasier salutaire et purificateur, une sorte d'autoclave, apparaît précisément aux catholiques intégristes comme un instrument de destruction de l'âme. Ils ont fort bien compris qu'en limitant, par la psychanalyse, le domaine de l'inconscient, on appauvrit en même temps les aliments de la sensibilité et par conséquent de la foi. Pire encore : on supprime le conflit intérieur, la lutte de la volonté contre l'instinct, du Bien contre le Mal. Le péché n'est plus qu'une maladie comme une autre, et les victimes involontaires dont il s'empare peuvent guérir en payant. La psychanalyse apparaît ainsi comme une sorte d'exorcisme laïque, qui ne menace peut-être pas l'autorité de Dieu, mais qui ridiculise le Diable.

Pour les catholiques, le vrai problème est là : le Diable, de nos jours, perd du terrain – ce qui est d'ailleurs, selon Baudelaire, sa façon à lui d'en gagner, puisque sa plus grande ruse « est de nous faire croire qu'il n'existe pas ». La fraction avancée des catholiques ne croit plus au Diable, dont l'arsenal maudit, flamboyant et sulfureux, lui paraît désuet, puéril et trop peu scientifique. Si elle n'a pas encore honte de croire en Dieu, c'est que Dieu se ramène plus facilement à une idée générale, abstraite et vague, et qui, par conséquent, les engage moins, les coupe moins de ce progrès et de ces lumières dont ils sont si vains. Aux découvertes de la psychanalyse, ceux-là applaudissent à tout rompre. Emportés par leur naïf élan, ravis d'utiliser quelques mots savants et de caresser du bout des doigts, mine de rien, le vieil arbre de science qui excite d'autant plus leur gourmandise qu'il effraie moins leur conscience assoupie, ils finissent par déclarer que « la guerre sainte donna un exutoire aux passions refoulées » ou, comme un critique d'*Ecclésia* à propos de l'évolution religieuse des adolescents, que « la confidence renseigne plus que la confession, laquelle réveille souvent des sentiments de culpabilité ». C'est trop de douceur. En somme, il faut éviter que les chérubins se sentent coupables des péchés dont ils s'accusent.

Entre les intégristes et les progressistes, l'Église officielle, prudente, embarrassée, balance. En 1953, le pape prend position ; il donne à la psychanalyse sa « charte catholique », non sans faire trois importantes réserves : l'Église admet que le sentiment de culpabilité peut devenir « irraisonné, maladif », et qu'il relève alors de la compétence psychanalytique ; « mais... il est sûr que la culpabilité réelle, aucun traitement purement psychologique ne la guérira » : la confession garde ainsi ses droits. D'autre part, le pape insiste sur « la sauvegarde des secrets que met en danger l'utilisation de la psychanalyse ». La dernière réserve porte sur les « troubles sexuels », et sur le principe de « leur évocation à la conscience » qui « ne vaut pas si on le généralise sans discernement ».

Ainsi, une fois de plus, catholiques et marxistes se retrouvent. Ils s'inclinent devant l'efficacité médicale du freudisme, tout en refusant sa conception de l'homme. À vrai dire, ils ont, sans doute, exagéré l'importance et les dangers de la psychanalyse. Ce qui mérite notre inquiétude, ce ne sont pas tant ses principes et ses méthodes que les raisons de son succès.

Elle comble un vide. Elle répond à un besoin accru et douloureux de communication, de consolation, d'absolution. L'homme d'aujourd'hui serait-il plus seul, plus triste, plus coupable que jamais ?

L'amour chrétien

Esprit, la « grande revue catholique » de notre temps, a consacré son numéro spécial de novembre à « la sexualité », qu'elle définit assez bien dans son avant-propos comme « le lieu de tous les tâtonnements ». J'imagine que les lecteurs d'*Esprit*, et bien d'autres cœurs honnêtes, épris de bonne foi, de science et de lumière, ont naïvement applaudi la merveilleuse audace : demander à des philosophes, des psychanalistes et des révérends pères leur opinion sur la contraception ou l'éducation sexuelle. J'entends d'ici les commentaires tout faits : « courage d'aborder... sujet brûlant... l'Église face aux réalités... assumer son corps... »

Seuls quelques mauvais sujets, des lecteurs d'*Esprit* mal tournés, prêteront à Paul Ricœur des intentions gaillardes lorsqu'il annonce, dès le début de son article, qu'il va « passer par ce qui rend le sexe errant et aberrant ». Les mêmes polissons auront du plaisir à lire que « le sacré doit franchir le seuil de la personne. Ce seuil une fois franchi, l'homme devient responsable de donner la vie ». Et lorsqu'ils entendront parler de la sexualité comme « organe de reconnaissance mutuelle », ils ajouteront sans doute, emportés par leurs mauvais calembours, que ces messieurs d'*Esprit* donnent eux-mêmes des verges pour se faire fouetter.

Il serait injuste de reprocher à ces philosophes, ces psychiatres, ces révérends pères, leurs expressions malheureuses : ce ne sont pas des écrivains, mais des savants – avec leur langage spécialisé, imperméable aux néophytes : « … à la base de ce refus d'un sérieux non-sérieux, se trouve une attitude sérieuse, mais qui ne veut pas se reconnaître comme telle, et dans laquelle la désacralisation de la sexualité est utilisée à des fins iconoclastes » ; c'est également une explication scientifique que M. Ch. H. Nodet donne à la pédophilie d'un jeune prêtre : « Elle ne devait pas faire illusion, déclare-t-il. L'absence d'élan vers la femme témoignait déjà d'une peur fondamentale d'assumer l'affirmation virile. » Timide curé ! Pourquoi tant de scrupules ?

Car tout vient de là. Des scrupules. Des complexes. Les amours qui se terminent mal ne sont pas des amours saines. Prenez Tristan et Iseult, le type même de l'amour œdipien, comme nous le rappelle Yvon Bres – et voyez où cela mène. Roméo et Juliette sont encore épargnés, mais le temps n'est pas loin où des philosophes, des psychiatres et des révérends pères nous apporteront la preuve qu'il s'agissait d'un cas flagrant de fétichisme du *podex*, mêlé d'hermaphrodisme psychique.

La science, Dieu merci, peut tout guérir. Et philosophes, psychiatres, révérends pères, enfants émerveillés devant leurs jouets neufs – la « réflexologie », l'« intersubjectivité », les « techniques endogènes » – ne craignent pas d'apporter à ces problèmes intimes qui les fascinent leurs rudes et miraculeuses solutions ; d'autant plus miraculeuses qu'elles ne se recommandent de nulle preuve, de nulle statistique. D'ailleurs, si l'on en croit l'abbé Marc Oraison, ou le révérend père de Lestapis, les obsessions sexuelles de notre époque sont un bon signe. Nous traversons une époque de « défoulement érotique » qui annonce « un nouvel humanisme ».

M. l'abbé, vous êtes sans doute aussi confesseur ; je vous le demande sérieusement : pourquoi pas un électrochoc plutôt qu'un Confiteor ? Ou plutôt, puisque vous êtes, paraît-il, psychanalyste, que faites-vous dans les Ordres ? Ou encore, puisque vous êtes, paraît-il, dans les Ordres, comment pouvez-vous accepter de collaborer à une revue qui se justifie de consacrer un numéro spécial « à la sexualité plutôt qu'à l'amour », en précisant que « la sexualité est le lieu de toutes les joies » ? Je me demande ce qu'Emmanuel Mounier, le fondateur d'*Esprit*, ou Albert Béguin, son dernier directeur, ou Pascal, leur maître à tous deux – et qui semble avoir éprouvé des joies différentes – pourraient penser de cette candide et diabolique profession de foi. Sans doute éclaireraient-ils, à la lumière de leur cœur, les déchirements du vôtre, car je ne peux pas croire qu'un homme d'Église ait totalement oublié l'existence de l'amour, et se contente sans remords d'un rôle de conseiller technique.

Les serviteurs de l'Église, bien sûr, ont toujours été obsédés par les problèmes sexuels. Soumis par sa dure loi à combattre avant tout ce type de tentation, ils en ont fait le point stratégique du combat spirituel, et le repère grossier, hasardeux et superficiel de la qualité des âmes. C'est d'ailleurs ce que leur reprochent ces prêtres avancés qui semblent attendre du « défoulement érotique » une sorte de paradis terrestre, sans s'apercevoir qu'en fin de compte leur obsession reste la même. Ce qui a changé, c'est leur façon de la combattre : ils prétendent aujourd'hui guérir le mal par le mal.

Pauvre grande Église catholique, dont un sociologue prussien et un psychiatre viennois ont réussi à ébranler, en un siècle, les fondations millénaires ! Au lieu d'accueillir le monde d'aujourd'hui avec sa maternelle sérénité d'autrefois, brusquement affolée par le marxisme, la psychanalyse et les fusées interplanétaires, la voici qui se jette, avec des siècles de retard et des ruses maladroites, dans la course au progrès. Grâce aux laborieuses initiatives de ses abbés les plus zélés, telles ces coquettes vieillies et délaissées, qui changent de fard, de parfum, de visage selon la mode et minaudent comme des jeunes filles, la voici agenouillée devant la science, ramassant les miettes de sociologie et de neurophysiologie que laisse tomber sa jeune rivale.

Et pourtant, qui l'a forcée dans son saint repaire ? Qui lui a disputé le monopole des âmes ? Les âmes ! C'est un mot qu'on n'a guère l'occasion de lire sous la plume des abbés Oraison et Lestapis. Et sans doute est-ce un mot bien démodé, trop imprécis, trop peu scientifique pour eux et leurs lecteurs. Un mot choquant et dangereux, qui contredirait les magnifiques efforts de l'Église pour s'adapter au monde moderne. Mieux vaut parler de réflexes affectifs plutôt que d'âme, et de sexualité plutôt que d'amour. D'ailleurs l'amour romantique, nous rappelle Yvon Bres dans *Esprit*, « est une des causes les plus fréquentes d'impuissance, d'homosexualité, de suicide ». Et il propose de substituer au terme amour celui de « sympathie sexuelle », dont il veut bien nous donner la définition précise : « ... un domaine qui n'est ni au-delà de l'éthique ni exactement en deçà, mais un peu à côté, sans pour autant être secondaire ». Probablement informé de cette invention, le révérend père de Lestapis en tire dans son style personnel la superbe conclusion : « Si c'est cela qu'on réclamait il y a quelques années, lorsqu'une grande revue titrait un de ses numéros "L'amour est à réinventer", on peut affirmer qu'à présent la chose est faite. »

Nous voilà tous rassérénés, mon père ; et, dans le bonheur étourdi que nous donne votre certitude, nous voulons bien oublier avec vous qu'un poète du XIXe siècle que vous ne lisez pas, Rimbaud, avait écrit cette phrase immense et satanique avant les revues que vous lisez.

Il faut rendre justice à *Esprit*. Quelques articles remarquables, comme ceux de Michel Deguy ou de Menite Grégoire, ne partagent pas cet optimisme aberrant. Ils ne trouvent pas dans ce défoulement érotique l'illusion qu'un nouvel amour est né.

Loin de renaître, il me semble que l'amour s'éteint, s'enfonce, étouffe au fond de nous-mêmes. Le beau courage de consacrer un numéro spécial à la sexualité après le *Crapouillot*, le *Reader's Digest*, *Cinémonde* et *Guérir* ! Aujourd'hui l'entreprise hardie, insensée, mais peut-être enfin libératrice, ce serait de parler d'amour. N'en déplaise aux philosophes, aux psychiatres et aux révérends pères, notre époque est justement la plus refoulée de toutes. Les tabous, les interdits qui encombraient la vie sexuelle de nos ancêtres disparaissaient au moins dans la nuit des alcôves, derrière les baldaquins à fleurs ; les interdits qui pèsent aujourd'hui sur l'amour, nul moment, nul regard ne les lève. Nous sommes peut-être défoulés, les femmes nues ne nous font plus peur, chacun accomplit ses devoirs sexuels d'un corps égal et tranquille. Mais quel bonheur devons-nous à ce bel équilibre ? D'où vient cette angoisse, cette fatigue de vivre, chaque année plus présente dans les livres, les films et sur les visages inconnus que nous croisons ? Il faut en avertir les collaborateurs d'*Esprit* : je ne crois pas que ma génération, je ne crois pas que la jeunesse les suive. Elle commence à être lasse de cette civilisation sans mystère qui prétend lui donner réponse à tout et lui apprendre à ne croire qu'à ce qui se voit, se touche ou se compte. Elle est lasse de posséder si facilement des corps et de perdre, par cette facilité même, l'espoir d'une jouissance plus délicate, qu'elle n'ose pas appeler l'amour. Elle est lasse de ne sentir battre son cœur qu'une trentaine de secondes, sur un lit à peine froissé, le soir même de la première rencontre ; ces trente secondes ne lui paraissent pas mériter un numéro spécial, M. l'abbé Oraison, et dans le secret de son cœur déchiré, méconnu, elle rêve de béatitudes plus durables. Elle est lasse de cette complicité des philosophes, des psychiatres, des révérends pères et autres savants, et autres malins pour prévenir ses folies, étouffer ses rêves et lui fabriquer une belle conscience raisonnable et stérile. Elle méprise le monde que vous avez fait et les raisons que vous lui avez données de désirer mourir.

Le mythe de la Nouvelle Vague

Une fille rencontre un garçon. Il lui plaît ; il a tout pour plaire. Un pli amer au coin d'une bouche maussade, des épaules un peu voûtées, alourdies par l'expérience précoce de la vanité du monde – et ses yeux désœuvrés paraissent ne s'entrouvrir qu'avec effort : il est beau. C'est le portrait robot de Maurice Ronet, d'Alain Delon, de Curd Jurgens et de Mastroianni, la réplique masculine de Brigitte Bardot, l'homme-enfant. Elle soupire et dit : « Qu'est-ce qu'on fait ? » Il soupire et répond : « L'amour ?... » Ils se déshabillent un peu et s'étreignent. Ils fument une cigarette. Au bout d'un moment ils soupirent et disent : « Qu'est-ce qu'on fait ? »

Cette image d'Épinal de l'amour moderne est inlassablement exploitée, depuis quinze ans, par les commerçants habiles du cinéma, de la presse et de la littérature, qui se moquent bien que le scandale arrive par eux, pour peu qu'ils arrivent par le scandale. Depuis quinze ans, des reporters fourbus hantent les plages du Midi, à l'affût du bain de minuit ou de la strip-tease party qui leur obtiendra les faveurs du grand patron qui leur répète, avec une sévère dignité bourgeoise : « Faites cochon. »

Depuis quinze ans, derrière des bureaux à l'américaine, de gros vieillards couverts de téléphones, émergeant comme des demi-dieux d'un cratère de fumée de cigare, obligent des réalisateurs chétifs à faire glisser les pans des peignoirs sur les cuisses de leurs vedettes.

Ah, ces cuisses de vedettes ! Épées de théâtre jaillies toutes dorées de leurs gaines, fièrement cambrées sur les écrans, les affiches, les magazines, les réclames, confondues en un seul arc triomphal, tel le « V » renversé de la victoire au pied duquel une génération de mâles éreintés, le cerveau plein d'obsessions louches et les moelles vides, essaient timidement de ranimer leur flamme ! « Parlez-moi du plaisir ! » gémissent-ils, comme ces enfants qui, pendant la guerre, se faisaient raconter l'histoire de l'éclair au chocolat. Pauvre chair usée, dont la nudité même ne surprend plus, n'est plus un appât.

Il y a quelques années, *L'Express* nous annonça que la jeunesse était sur le point de changer. C'était une bonne nouvelle, mais qui demeurait incertaine, et qu'on appela d'ailleurs la nouvelle vague. Franchement, je ne vois pas en quoi les films de Vadim ou de Chabrol, les romans de Françoise Sagan ou de Christiane Rochefort ont transformé les conventions à la mode depuis la guerre : le dégoût du monde, la tristesse de jouir, l'impuissance à aimer et la fatigue de vivre. Leur talent n'est pas en cause. Leur cœur, si. Du *Grand Dadais* aux *Grandes Personnes*, le héros nouvelle vague est, en général, un beau garçon à demi raté, qui trompe son ennui avec une jeune maîtresse, sa jeune maîtresse avec une vieille, allumant des passions dont il n'a pas conscience, infligeant des blessures dont il n'a pas pitié, tirant enfin, par tous les moyens, vengeance de ce dégoût qu'il a de soi, de son ennui, comme un pensionnaire de collège qui torture les mouches en cachette.

Nos aînés ont pris ces témoignages pour argent comptant : la jeunesse est malade. Et les policiers, les sociologues, les psychiatres, les docteurs de la presse et les écrivains de messages, mobilisés et rétribués pour l'étude du mal du siècle, auscultent les jeunes, les passent à la radio, à la télévision, leur consacrent d'amères chroniques, de désespérants reportages : « Le sexe ! vous dis-je. » Le banal diagnostic de ces carabins des âmes rassure la génération vieillissante, qui reconnaît sa propre adolescence. Ces gens qui n'ont cessé de s'ennuyer se sentent rajeunis par l'ennui des jeunes.

La nouvelle vague est un mythe. Elle ne représente pas la jeunesse d'aujourd'hui. Elle date ; elle n'a que trop duré. Ses films, ses romans se déroulent d'ailleurs presque toujours dans ces milieux mondains où l'on n'a généralement rien à dire et que les auteurs, brusquement anoblis par le succès, fréquentent avec une assiduité de parvenus. La jeunesse, la vraie, qui se passe volontiers de l'*annunciatur* des hebdomadaires et de ces matricules absurdes, N.V., J.V., dont la manie vient d'Amérique, éprouve envers l'amour beaucoup plus de respect qu'on ne le croit. Certes, elle atteint à peine l'âge de s'exprimer, ses exigences toutes neuves sont presque imperceptibles, elle ne domine pas encore notre époque incertaine, qui ressemble à la saison où nous sommes : ces fins ensoleillées de l'hiver où, entre les branches noires et mortes, l'air bleu tremble déjà comme en été.

Nous sommes las de l'érotisme. L'expérience personnelle que nous en faisons nous suffit. Nous n'avons pas besoin, pour désirer la tenter, d'assister à celle des autres. Non que le plaisir nous dégoûte. Simplement, de cet instrument si compliqué, si variable – la vie –, nous voudrions apprendre à jouer le mieux possible et sur des notes plus graves. Nous abandonnons sans regret la monotone petite musique de nuit, toujours recommencée, avec les mêmes froissements d'étoffe, les mêmes gémissements doux, à ces artistes de la chair qui finissent par se persuader eux-mêmes de leur propre hardiesse, et à sublimer en un généreux réalisme leur impuissance à imaginer autre chose que ce qu'ils touchent. Il n'y a plus guère que la publicité pour trouver leurs sujets osés. Et d'ailleurs, quand ces malheureux ont exhibé, à grand renfort de musique classique, leur catalogue de missionnaires du sous-vêtement, il faut bien qu'ils tirent, eux aussi, une vague morale de leur histoire ; et ils enfourchent, en général, un vieux cheval fatigué, aux flancs râpés par les blue-jeans existentialistes : l'absurde.

Aujourd'hui, l'absurde est dépassé. C'est une notion connue, je dirai même acceptée par la jeunesse, et qui ne l'empêche plus d'aimer la vie. Et elle attache trop de prix à cet amour pour ne pas mépriser autant que l'érotisme les études scientifiques sur la sexualité que lui proposent quelques démagogues essoufflés et quelques abbés naïfs, frottés de politique et de science, qui ont renoncé à lui faire partager leur Dieu et s'imaginent flatter le sien en la félicitant de sa liberté sexuelle. Dire que c'est l'Église elle-même, ou, plutôt, une partie de l'Église, qui, pour flatter le goût du jour et se donner des émotions, telle une coquette en visite dans les bas quartiers, se décide brusquement à rendre gloire aux corps au moment même où nous redécouvrons les âmes ! Il y a quelque chose de Marie-Chantal chez ces abbés, et les histoires de Marie-Chantal ont depuis longtemps déjà cessé de nous amuser.

Depuis la guerre, la France craint la douleur. Toute une génération élevée au chant des sirènes, accoutumée à trembler, à courber la tête devant l'uniforme allemand et à prendre les nouvelles en cachette, dégoûtée de tant de sang, assourdie par ses propres cris, anesthésiée par l'excès même de sa souffrance, s'est jetée en sanglotant dans les bras du confort et du plaisir, comme un naufrage s'abat sur le premier rivage. Qui fuit le risque de souffrir se garde avant tout de risquer d'aimer.

Aujourd'hui, je nous crois guéris ; les uns ont fini par trouver leur insensibilité plus douloureuse encore que toute blessure ; les plus jeunes ont à peine connu cette guerre perfide qui tuait jusqu'à ceux qu'elle feignait de laisser vivants. Mais nous conserverons toujours nos souvenirs d'horreur, et nos fils eux-mêmes en hérite-ront sans doute dans la mémoire de la race. La mort, au XXe siècle, est devenue vivante. Sa présence nous est pour jamais familière, mais, à la différence de nos aînés, elle ne fait plus notre désespoir. Nous le savons, nous n'avons pas une chance, tout est sur le point de nous échapper, et c'est justement notre propre précarité qui nous fait trouver si précieux ce monde qui va nous survivre. Nous sommes prêts. Le tragique remplace l'absurde.

C'est à cette lucidité, à cette exaltation douloureuse que la jeunesse d'aujourd'hui doit sa façon d'aimer. Douée d'une conscience aiguë du temps, elle sait qu'il ne respecte pas ce qui se fait sans lui – fût-ce l'amour –, mais qu'il finit aussi, peu à peu, par l'altérer et le défaire. Douée, plus qu'aucune autre jeunesse, du sentiment de la solitude, elle a renoncé à l'illusion d'en guérir par la communion des corps. Le langage lui-même ne la rassure pas ; elle se méfie des mots – et singulièrement de ce mot amour, usé à tort et à travers, souillé, défiguré par ceux qui l'ont confondu avec le seul plaisir physique. Sans nous bercer d'espérances grandiloquentes sur les pouvoirs du cœur humain, nous nous contentons de ce qu'il peut donner : de la tendresse, quelques instants de bonheur commun, et surtout l'intuition d'une destinée mortelle, pareille à la nôtre, et dont la condition nous émerveille. Ces êtres qui nous accompagnent quelque temps, nous savons bien que leur possession absolue est impossible. Deux visages insaisissables dont la disparition est imminente et qu'il nous semble, à chaque baiser, embrasser pour la dernière fois !

Ceux qui trouveront une telle jeunesse désabusée ne la comprendront pas. Les désabusés, ce sont les hommes de plaisir, qui se croient revenus de tout sans avoir été nulle part ; ils ne sauraient trouver de mystère à leur vie, car il n'y a pas de mystère des corps. Pour nous qui avons accepté la souffrance, et surtout cette souffrance de ne pouvoir comprendre ni réduire à rien de connu cette part secrète de la vie d'autrui, sa vie profonde, sa vie intérieure, les êtres ne perdront jamais leur mystère… À chaque instant, au contraire, ils nous apparaissent dans l'éclat terrible que leur confère le prestige de devoir mourir.

Mais aujourd'hui, comme autrefois, comme toujours, la jeunesse reste tout de même l'âge où le cœur se réserve. On la croit la saison de l'amour ; elle est plutôt la saison du désir de l'amour. Adorée par ceux qui ne l'ont plus et qui recherchent sur son frais visage le souvenir de leur fraîcheur perdue, trop demandée pour se donner tout à fait, trop poursuivie pour se laisser rejoindre, la jeunesse est coquette, fuyante, jalouse de sa liberté. Elle a beau désirer s'oublier pour vivre de grandes passions, au dernier moment elle échappe à ce dont elle rêvait, à peine étreinte elle se dérobe et court rejoindre le seul amant qui l'égale : le miroir de la solitude. On prend souvent pour de la pureté ce qui n'est que l'amour de soi.

Cette coquetterie de tous les temps ne contredit pas la renaissance du romantisme dont on commence à parler aujourd'hui. Et certes, de jeunes écrivains tels que Jacques Coudol (*Le Voyage d'hiver*, éditions du Seuil), de jeunes philosophes comme Clément Rosset (*La Philosophie tragique*, PUF) peuvent nous rappeler l'inquiétude romantique – avec parfois cette légère complaisance, ces soins attentifs dont elle s'entoure elle-même… Mais c'est un romantisme vigoureux, plein d'une joie nietzschéenne. « La question n'est pas de savoir si je vaux la vie, écrit Clément Rosset. Car je vaux infiniment plus. » La mode, comme on le voit, n'est pas au désespoir.

Nos aînés auraient donc bien tort de nous plaindre. Notre sexualité se porte à merveille ; elle se passerait fort bien de leurs études, de leurs enquêtes, de leurs abrutissants petits conseils. Je crois surtout qu'ils trouvent, dans les complexes qu'ils nous prêtent, un prétexte à s'étendre sur le sujet qui les obsède. Et ceux d'entre eux qui se déclarent coupables, qui accusent leur propre génération dans un accès de surenchère démagogique, le font, je crois, à fonds perdus. Évidemment, nous pourrions leur demander quelques comptes ; leur demander pourquoi, depuis trente ans, ils passent leur temps non seulement à faire la guerre, mais à la perdre ; et ce qu'ils ont ajouté depuis une quinzaine d'années au capital littéraire, artistique et intellectuel de la France, qui semble paraître à la plupart d'entre eux beaucoup moins important que le nombre d'aspirateurs par habitant. Mais, indifférents à de si vains procès, plus soucieux de nous affirmer que de nous plaindre, impatients d'un lendemain que nous désirons pur, nous nous hâtons vers la lumière et laissons à l'histoire le soin de faire la part de l'ombre.

La dernière jeunesse révoltée

La nuit d'août tombe sur les quais de la Seine. Henri Massis et Brasillach longent le Louvre, gagnent l'imprimerie de *L'Action française*. Vers minuit, Maurras arrive. « Il me parut lassé, écrit Brasillach, inquiet aussi devant ce qu'il prévoyait... Il murmura à mon adresse d'une voix étouffée : "Je n'ai rien à dire que vous ne sachiez..." Puis je (le) vis s'enfoncer vers les machines, l'odeur du plomb et des fumées, jusqu'au profond matin... »

C'est ce matin-là, ce profond matin, que les troupes allemandes entrent en Pologne. Toute la nuit, H. Massis a déchiffré avec angoisse les nouvelles qui s'imprimaient sur le téléscripteur, avec un bruit de mitrailleuse. À chaque seconde il s'attendait à lire l'arrêt de mort de son pays. Vingt-cinq ans plus tôt le même petit homme brun, aux yeux de feu, décrivait dans la fameuse enquête d'Agathon une jeunesse française ardente, avide de prendre sa revanche. Barrès, Péguy, Psichari vivaient alors. Daudet vivait. Bainville vivait.

Les pays vraiment forts, comme les êtres vraiment forts, sont ceux que leurs victoires n'affaiblissent pas. *Maurras et notre temps*, dont H. Massis vient de publier l'édition définitive, est l'histoire d'une nation défaite par son propre succès. À partir de 1918, la France n'en finit pas de se faire fête, de se payer du bon temps avec ses morts. Tant de sang, cela s'arrose. On boit, on danse le charleston, les années folles succèdent aux années folles, l'Allemagne paiera, la vie est belle. En même temps reparaît ce culte du gratuit propre aux époques jouisseuses et décadentes. « À quoi bon ? » est toujours le premier mot auquel on songe lorsqu'on se cède. Les hommes de l'entre-deux-guerres, gloutons fatigués, se pénètrent délicieusement de l'absurdité du monde, qui les rassure, plaide pour le néant de leur cœur et justifie toutes leurs débauches.

L'Action française, scandalisée, contre-attaque. Pour Maurras et ses compagnons, tout le mal vient des institutions républicaines. Soixante ans après Changarnier, ils veulent encore « liquider la gueuse ». Et c'est sans doute ce contretemps, cet anachronisme de rêveurs qui peut encore aujourd'hui le mieux nous émouvoir. La doctrine de Maurras semble surgie d'un rêve ancien, le rêve d'un écolier penché sur son livre d'Histoire de France, ébloui par les images dorées de Jeanne d'Arc, de Saint Louis, du Roi Soleil, et qui, plus tard, emploiera toute son énergie, sa rigueur, sa redoutable logique d'homme à défendre ses songes d'enfant. *L'Action française* est un tissu de contradictions : laïque, elle veut restaurer le catholicisme, rationaliste, elle est défendue par des romantiques. L'un de ses plus brillants supporters, H. Massis, fut un admirateur de Zola, auquel il consacra un livre. Bernanos déclare qu'il « n'est pas autrement fâché » de la mort du « bonhomme France » et du « bonhomme Renan », qui furent précisément les maîtres de Maurras. Mais il n'y a pas de souffrance qui n'entraîne quelque contradiction, qui ne soit un défi à la logique. Et les hommes de *L'Action française* souffrent ; la médiocrité de leur époque, en les torturant, les unit ; certains soirs, les « camelots du roi » vont même rejoindre les jeunes gens d'extrême gauche, ceux sur qui, la veille encore, ils mettaient leur point d'honneur, mais avec lesquels ils partagent au moins le dégoût de la République, de ses grands financiers et de ses petits-bourgeois.

Qu'importent, trente ans plus tard, ces contradictions, ces erreurs de doctrine ? Je préfère des hommes qui luttent pour des idées fausses et prennent le risque de mourir pour elles, à des hommes qui ne luttent pour rien et qui mourront gras. Il y a un mot qui résume la vie de Maurras, de Léon Daudet, de Bernanos, un mot disparu, oublié avec eux : la révolte. Lorsqu'il apprit la mort d'Octave Tauxier, l'un des espoirs de l'*A. F.* : « On ne meurt pas ! » s'écria Maurras avec rage. Et une autre fois, à deux jeunes résignés qui lui disaient : « Rien n'a d'importance... Il faut mourir » – « Qui sait ? » H. Massis nous montre que l'œuvre de Maurras était avant tout une protestation, une révolte contre la mort. Celle de Bernanos était une révolte contre l'injustice.

Cette nuit d'août 1939, H. Massis, déchiffrant les nouvelles à travers le verre du téléscripteur, songea-t-il qu'elle était sa dernière nuit de l'*A. F.* ? Elle allait commettre sa pire erreur politique. Déjà, quelques années plus tôt, il y avait eu le scandaleux procès fait à Léon Daudet, la condamnation de l'*A. F.* par l'Église, l'exil de Bernanos. Quelques années plus tard, il y aurait le suicide de Drieu, l'exécution de Brasillach, la détention à vie de Maurras. Ces héros de Plutarque allaient mourir comme des personnages de Tacite.

La France de la Libération et de l'après-guerre, nous savons ce qu'elle fut et quelles décisions sanglantes elle prit, au nom de promesses qu'elle ne tint pas. Bernanos ne put en supporter le spectacle. Bernanos lui-même, le vieux lutteur... Il préféra l'exil et gagna Tunis où, comme le roi qu'il avait tant aimé, il fut frappé d'une maladie mortelle... Dans un récent « Bloc-notes » de *L'Express*, François Mauriac lui reprochait sa démission : « L'indignation, le mépris, quel recours pour l'homme de lettres ! » Certes, il manquait à Bernanos l'indulgence et la souplesse qui lui auraient permis de collaborer à un journal où le plus trivial des dessinateurs caricature le Christ en croix. Sans doute péchait-il par excès de foi qui ne va pas sans orgueil. Il ne savait pas biaiser, temporiser, faire des concessions, retourner des alliances. Il ne savait que « faire face ».

Qui, parmi nos aînés, « fait face » aujourd'hui ? Qui nous propose un autre monde, même utopique, une pensée nouvelle, même désespérée ? Depuis quinze ans, quelle voix forte s'est élevée pour nous assurer que nous n'étions pas seuls à nous scandaliser des progrès du matérialisme et de la bêtise ? En guise de doctrine, on nous a offert quelques complots. En guise d'école littéraire, une technique de la ponctuation. En guise de renaissance religieuse, des abbés psychanalystes. En guise de mystique, l'absurde, et en guise de bonheur suprême, une espèce de confort standard. Une nouvelle revue littéraire vient de naître. Elle s'appelle *Médiation*. Médiation ! Pourquoi pas *Compromis* ? Notre siècle manquait déjà de cœur. Mais aujourd'hui il y a pire : il est en train de manquer d'esprit.

Notre jeunesse doit paraître affreusement tiède à Henri Massis, quand il évoque la sienne, ces nuits éperdues, où avec les compagnons de Maurras, il refaisait la France, ces nuits ensanglantées d'où surgissaient les troupes de choc des camelots du roi, et traversées par le rire de Léon Daudet, si retentissant que Maurras lui-même l'entendait sans prêter l'oreille. Sans doute regrette-t-il aujourd'hui cette époque qu'il dénigrait autrefois. Et nous, qui nous plaignons de la nôtre, peut-être finirons-nous aussi par la trouver douce. C'est toujours plus beau après. Dommage qu'on ne le sache jamais avant. Jeunes, nous détestons notre temps, nous brûlons de le transformer, sans prévoir qu'un jour, de nos yeux éblouis par le regret et prêts à se fermer, nous croirons enfin le voir tel que nous le rêvons.

Un héros de notre temps

Ils restent immobiles, face à face : le premier qui sourira deviendra la proie de l'autre. Une main pâle appuyée au tronc d'un arbre, le corps déhanché, il la regarde par en dessous, d'un œil insolent et triste ; les premiers massifs du Caucase dressent une couronne blanche au-dessus de ce jeune dieu froid. Elle n'ose pas tourner la tête, elle se tait, ses lèvres ne sauraient plus s'ouvrir que sous les siennes. Qu'attend-il ? Il attend qu'elle s'offre pour avoir le plaisir de se refuser.

– Vous voulez peut-être que je sois la première à vous dire que je vous aime ?

– À quoi bon ? répond Petchorine en haussant les épaules.

Ce jour-là, elle a beau s'enfuir, il est trop tard, elle reviendra ; les jeunes filles font une merveilleuse chair à martyre ; avant de devenir Madame Ubu, toutes rêvent d'Antigone. « Vous êtes pire qu'un assassin… » Ce nouvel aveu d'amour ne lui suffit pas. Il raffine. Il jette le masque et le couteau, et dans un suprême remous d'orgueil, de ruse et de volupté, il se confesse, il se dépouille, il exhibe sa misère et ses plaies : « J'étais modeste. On m'accusa de malice : je devins sournois. J'avais le sentiment profond du bien et du mal – personne ne me cajolait, tout le monde me blessait : je devins rancunier... J'appris à haïr... Mes meilleurs sentiments, par crainte des moqueries, je les ai enterrés dans le fond de mon cœur : ils y sont morts. »

Cette fois, le couteau est enfoncé jusqu'à la garde ; il a donc besoin d'être consolé, chéri, sauvé peut-être ? Un bourreau qui tend le cou, quel appât ! Elle succombe de tendresse et de pitié. Petchorine n'est pas seulement son premier amour. Il devient, par la grâce d'une éblouissante faiblesse, sa plus belle, sa dernière poupée. Elle lui offre sa main, le supplie de se déclarer.

– Je vais vous dire toute la vérité, répond-il. Je ne justifierai ni n'expliquerai mes actes : je ne vous aime pas.

Le héros de l'unique roman de Lermontov, paru en 1841 et que viennent de rééditer les éditions Robert Laffont, est de nouveau « un héros de notre temps ».

– Debout en haut de la falaise, son pâle visage grimaçant dans le clair de lune, James Byron Dean regarde Nathalie. Il ne sait pas s'il l'aime, s'il veut l'aimer, s'il ne lui préfère pas son désespoir. Il s'éloigne tout à coup, indifférent, les mains dans les poches, puis revient, de son pas vagabond, le museau rentré dans les épaules, et éclate d'un rire bref, unique, qui tord sa bouche trop lourde, fend son regard de lynx piégé. Par jeu, pour braver un camarade, il va risquer sa vie : chacun doit monter dans une vieille voiture et la lancer à toute allure vers le gouffre ; le dernier à sauter sera vainqueur. Il saute de justesse. L'autre accroche sa manche à la portière et se tue.

« Quand la fumée fut dissipée, Grouchnitz, lui, n'était plus sur la plate-forme. Simplement, un peu de poussière en légère spirale tourbillonnait encore au bord du précipice. » Un siècle avant le héros de *La Fureur de vivre*, le *Héros de notre temps*, vainqueur lui aussi d'un duel, mais d'un duel au pistolet, se penchait au-dessus de l'abîme qui venait d'engloutir son adversaire. Comme lui il s'éloignait seul, désespéré, en haussant les épaules.

Pour Lermontov comme pour James Dean, le pistolet ou l'accident d'auto ont raté le héros du film ou du roman, mais ils n'ont pas raté son créateur. Ces deux destinées se ressemblent : enfants, ils perdent leur mère ; ils l'adoraient ; ils sont élevés loin de leur père. On les gâte ; ils souffrent. Amoureux de leur solitude, ils disparaissent des journées entières, l'un à cheval, l'autre à moto. Leur adolescence est capricieuse, susceptible ; le moindre échec en exaspère la violence – l'orgueil se nourrit de vanité blessée. À l'école des junkers, Michel Lermontov se bat contre un camarade dont la réputation de force le vexe. Il est mis aux arrêts. À l'université, Dean assomme à coups de poing deux élèves qui se sont moqués de lui. On le renvoie. Brusquement, ils deviennent célèbres : la gloire les déçoit ; le malheur est une vocation. Pier Angeli avait promis sa main à James Dean ; elle en épouse un autre – exactement comme Varinka avait trahi Lermontov. Le même pressentiment les obsède. 1841 : « Je sens que je n'ai pas beaucoup de temps à vivre. » 1950 : « Ah ! il faut vivre vite, la mort vient tôt. »

Le garçon chafouin, aux babines veules, dont deux millions de jeunes Américains idolâtrent le visage, la carrière, les reliques de ferraille, n'est évidemment qu'une ébauche, une injurieuse caricature du désespoir. Il gît sur les ruines du quatuor romantique : Lermontov, Pouchkine, Byron, Musset. De leur arrogante détresse, il reste cette grimace de détraqué ; de l'honneur, pour lequel moururent Pouchkine et Lermontov, cette espèce de fierté sanglotante.

Il est tout de même le seul à cristalliser aujourd'hui – par les moyens grossiers du cinéma et de la publicité – un étrange sursaut de dégoût et de mélancolie, un dernier cri, une dernière révolte de l'enfance trahie. Comme pour Byron et Lermontov, la source de toutes ses blessures est de ne pas avoir eu d'enfance – la différence est qu'il ne s'agit plus maintenant d'un phénomène exceptionnel, réservé aux orphelins : ses adorateurs sont des enfants perdus, des enfants qui ne se trouvent pas d'enfance. Et qui, à l'âge d'homme, la poursuivent encore, la singent, cherchent en vain la clé de sa tendresse et de ses caprices. On a eu beau leur enseigner les sciences exactes, leur faire l'apologie de la Raison et du Progrès, auxquels ils doivent le juke-box et le football de table, et leur répéter pendant plus de cinquante ans : « Mes petits amis, l'Histoire est en marche. Ne craignez rien ; laissez-vous porter. Ne descendez pas... » ; voilà que deux millions de ces idiots sautent par la fenêtre, avec leurs slacks et leurs chemises à fleurs, pour aller déposer leurs couronnes et pleurer au pied du jeune babouin qu'ils ont divinisé. Immense machine à sous, la magnifique machine du monde moderne, montée et graissée d'un secret accord par le capital et le matérialisme historique, est bien venue à bout de leur intelligence. Mais il reste un petit coin de cœur qui ne veut pas lui céder.

Notre époque, comme celle des romantiques, est douée pour le désordre et la douleur : nous frôlons chaque jour Petchorine ; l'étrange est que nos romanciers s'arrêtent au bord de son cœur, et qu'au dernier moment le confort du cynisme l'emporte sur sa détresse. Aux Narcisses blêmes, un peu pourrissants, qui jonchent certains romans modernes, les Renaud Sati et autres dadais, je préfère encore James Dean, qui possède au moins un embryon d'âme, une vague réserve de souffrance. Petchorine, dans ces romans, n'est plus qu'un alcoolique ou un camé ; d'un possédé ils font un intoxiqué ; d'une malédiction, une maladie. La vie intérieure s'est réfugiée au cinéma.

Le christianisme a écrit en une seule fois, pour jamais, l'histoire de l'incarnation de Dieu : il restait aux romanciers à inventer celle de Satan. Petchorine, comme tout romantique, est un démon. Un démon pauvre, désarmé, attendrissant – le diable fait homme. Pour torturer la princesse Mary, il a recours à la suprême ruse du démon ; il lui chuchote : « Sauvez-moi. » Il a lui aussi son calvaire et sa passion, il n'est pas libre de choisir le bonheur ; il est venu sur terre pour perdre. Nul plaisir, nulle jeune fille ne le dérobera à son maître. Il est à jamais prisonnier de sa loi : sacrifier sa tendresse à sa curiosité, se repaître de tout ce qui déçoit, vivre pour savoir, savoir pour souffrir, trouver enfin dans le désespoir de sa solitude la gloire de ne devoir qu'à soi seul son désastre, et l'orgueil de n'avoir pas connu l'humiliation d'aimer.

« Je ne vous aime pas », dit Petchorine à Mary, Octavo à Marianne, Hamlet à Ophélie. M. Teste, romantique, réfugié dans l'intelligence, ajoute : « Je me suis préféré. » Et le diable conclut : *Non serviam!* Démon de la mélancolie ou démon de la connaissance, l'essentiel est toujours de mépriser le monde pour mieux jouir de soi, de ne pas se donner pour ne pas risquer de se perdre.

Satan est mort. Le diabolisme, aujourd'hui, ne trouve plus son expression que dans l'ennui, c'est-à-dire la haine sans objet. Satan est mort, le pauvre diable n'aura pas survécu longtemps à son vieux concurrent trahi. Mais peut-être reste-t-il encore quelque chose à dire... *Une curieuse solitude*, de Philippe Sollers, ou le héros des *Corps étrangers*, cet autre amputé de l'enfance, le plus attendrissant personnage de Jean Cayrol, opposent déjà à Petchorine, à sa maladive soif de désespoir, une autre soif, une quête nouvelle : l'éperdue, l'imprudente quête du bonheur.

II

PORTRAITS

François Mauriac

On n'a jamais qu'un seul âge. Valéry a toujours été un homme mûr. Voltaire, un vieillard libertin ; Rimbaud, c'est la fin de l'enfance, la dernière minute de pureté. Derrière les colères et les désillusions de Bernanos, nous ne cessons jamais d'entendre un petit garçon de douze ans, fier, héroïque, amoureux des livres d'images. Mauriac, c'est l'adolescence éternelle.

Son visage, aujourd'hui encore, a gardé les contrastes de l'adolescence : long, pâle, ardent, mais avec des absences soudaines, comme si le flux d'un rêve continu et profond, affleurant soudain à sa conscience, la détournait du monde visible et l'emportait, batelier de la mort, au royaume secret de ses ombres. Un œil attentif, sur lequel la paupière tombe légèrement comme s'il feignait de dormir pour dissimuler qu'il épie ; l'autre œil largement ouvert, tendu, émerveillé par tout ce qu'il voit, pareil au regard d'un jeune convalescent. Une voix chuchotante, confidentielle, un rire complice : on dirait un collégien espiègle, tout au plaisir de vous faire partager ses farces. Certains ont oublié à leurs dépens qu'elles pouvaient être terribles.

On ne saurait comprendre Mauriac si l'on ignore qu'à vingt mois il a été privé de père.

« Je ne me rappelle pas mon père ; mais je me souviens du temps où ses traces étaient encore fraîches ; et quand ma mère ouvrait l'armoire de sa chambre, je regardais, sur la plus haute étagère, un chapeau melon noir, "le chapeau de pauvre papa" ! » *(Commencements d'une vie).*

Dans la Grèce antique, les couples abandonnaient parfois dans des grottes, au flanc des collines, les nouveau-nés dont ils ne voulaient pas ; on les appelait des enfants « exposés ». Exposé – vulnérable : ce mot évoque la jeunesse de Mauriac. Nulle ombre attentive et virile ne l'a protégé du soleil du monde. « Enfant solitaire et que tout blessait », il ne trouvait de refuge que dans une tendresse féminine, dans l'immense amour de sa mère. Blotti avec ses frères et sœurs aux pieds de cette femme isolée, fragile, qui n'avait pour toute arme que son cœur, il n'a pas appris à se battre, à s'imposer par la force. Le moindre signe de rudesse l'effarouchait. Tous les inconnus lui étaient redoutables. Pendant longtemps, il n'eut de rapport qu'avec sa mère, avec Dieu ou avec lui-même – c'est-à-dire des êtres qu'il ne s'agissait pas d'affronter, mais d'attendrir, parce que leur cœur lui était gagné d'avance, leur compassion infinie, et leur miséricorde absolue.

Au collège du Grand Lebrun, chez les Frères de Marie, il fuit ses camarades.

« Rien alors ne me paraissait plus facile, ni même plus désirable que de demeurer seul dans une chambre, pourvu que je n'eusse pas froid et que je pusse lire » *(Commencements d'une vie).*

Contracté, farouche, « repu de pain azyme », il désire et redoute en même temps de franchir les grilles tièdes et dorées du foyer, du confessionnal, comme ces jeunes citadins en vacances qui épient avec envie, mais sans oser s'y joindre, les jeux des petits paysans. « Cette adolescence lâche, apeurée, repliée sur soi, écrira-t-il plus tard, je la désavoue. Non que je renie ma foi de ce temps-là ; pas plus que je ne renie ma poésie ; mais ma façon de croire valait ma façon de rimer : quelle facilité ! Un enfant qui a peur de tout, renifle de l'encens, tire des sacrements une émotion, des cérémonies une jouissance. Sa couardise devant la vie trouve là des prétextes édifiants : il donne à sa lassitude des raisons métaphysiques... Adolescent, j'ai fait de Dieu le complice de ma lâcheté. »

Mauriac semble méconnaître, dans ce jugement trop sévère, qu'un écrivain doit en partie sa vocation à sa timidité. Son œuvre se nourrit moins du monde où il vit que de celui qu'il imagine. Les tentations qu'il décrit le mieux sont celles auxquelles il résiste ; il excelle à peindre les bonheurs qu'il a failli connaître et les amours qu'il a frôlées. Comme ces lignes en pointillé qui indiquent sur les cartes le projet d'une route future, son œuvre commence là où la peur, la foi, la volonté ou même la sécheresse ont arrêté sa vie. « Aimer sa prison, préférer sa prison, ou pour mieux dire se préférer aux autres » : tel est son indispensable égoïsme. Doué de plus de cœur que la plupart des êtres, il doit pourtant réserver sa tendresse à des êtres qui n'existent pas.

Cette tendresse, dans un élan romantique, se porte d'abord vers la nature :

« Assis sur un tronc de pin, au milieu d'une lande, dans l'étourdissement du soleil et des cigales, ivre à la lettre d'être seul, je ne pouvais pourtant pas supporter cette confrontation avec moi-même à laquelle j'avais tant aspiré, et ne me retrouvais que pour me perdre, pour me dissoudre dans la vie universelle » *(Commencements d'une vie)*.

Tant d'émotion, c'est trop pour un seul cœur. Faute de pouvoir encore le faire partager dans l'amour, Mauriac l'épanche dans ses premiers poèmes. Il écrit *Les Mains jointes*. « Monsieur, vous êtes un grand poète que j'admire, un poète vrai, mesuré, tendre et profond qui n'essaie pas de forcer sa voix faite pour nous attendrir sur notre enfance. Je voudrais le dire au public », lui écrit Barrès.

Mais déjà cette extrême sensibilité, cette fringale de beauté, cet appétit de regarder, de respirer, d'écouter et de frémir annoncent la sensualité, préfigurent ce conflit de la chair et de la foi… Le jeune Mauriac vivait dans la terreur de la tentation, de la « mauvaise pensée ». On peut encore lire dans le *Journal d'un homme de trente ans* : « Que d'être seul donne de force en nous aux puissances de la volupté ! » Les âmes religieuses ont peur de la vie parce qu'elles l'aiment. Cet élan d'amour, cet excès de cœur auxquels elles doivent leur soif de Dieu peuvent aussi bien, si elles ne les dominent, creuser leur appétit des corps.

Ce qui permet à Mauriac – comme à certains de ses personnages – de résister à cet appétit, ce n'est pas seulement la foi, mais aussi la peur. La peur de cette chair qui l'attire, de ces êtres inconnus, des rires moqueurs que sa timidité leur imagine, de la cruauté que sa candeur leur prête. L'adolescent farouche, à demi-orphelin, frémissant comme une proie au cœur de la ville fauve, la ville redoutable, la ville pécheresse, ne cessera jamais de veiller sur lui. « Par-dessus tout, à dix-huit ans, je me croyais laid et incapable d'être aimé. » Comme tout adolescent, il se croit seul dans le Mal. Il n'imagine pas que ce désir qui l'affaiblit puisse être partagé et affaiblir aussi ces êtres qu'il désire. Il triomphe de ses tentations, moins par l'horreur qu'il en éprouve que par l'horreur qu'il craint d'éveiller chez les autres. Tout est pur aux purs – sauf eux-mêmes.

Mais contre cette peur des autres se dresse aussitôt la peur de ne pas vivre. Ne pas vivre : comme l'amour prisonnier est adroit à plaider sa cause ! Il se garde bien de nous parler de volupté, ou même de tendresse. Il murmure seulement : prends garde de ne pas vivre. Songe à ces visages, à ces villes, à ces émotions mystérieuses que tu risques de ne jamais connaître. Toi dont le cœur bat pour un peu de soleil rouge au ras des pins, pour l'odeur lointaine de l'océan, pour un sourire volé dans un tramway, et qui ne t'était pas destiné, songe aux joies dont tu te prives ! Tous les pièges lui sont bons. À Thérèse Desqueyroux, il feint de présenter Paris comme une occasion de « suivre des cours, des conférences, des concerts »... Et tandis qu'elle attend, auprès du mari qu'elle a voulu tuer, le jour de la séparation, elle rêve de sa future solitude avec une délicieuse impatience.

« Elle n'avait pu dormir, durant la nuit qui suivit. Une inquiète joie lui tenait les yeux ouverts. Elle entendit à l'aube les coqs innombrables qui ne semblaient pas se répondre : ils chantaient tous ensemble, emplissaient la terre et le ciel d'une seule clameur. Bernard la lâcherait dans le monde, comme autrefois dans la lande cette laie qu'il n'avait pas su apprivoiser. Anne enfin mariée, les gens diraient ce qu'ils voudraient : Bernard immergerait Thérèse au plus profond de Paris et prendrait la fuite. »

Mais peu à peu l'amour se démasque. À mesure que le cœur qu'il investit cède à ses ruses, il précise ses exigences : « Qu'importe d'aimer tel pays ou tel autre, les pins ou les érables, l'océan ou la plaine ? » Rien ne l'intéresse que ce qui vit, que les êtres de sang et de chair. « Ce n'est pas la ville de pierres que je chéris, ni les conférences ni les musées, c'est la forêt vivante qui s'y agite, et que creusent des passions plus forcenées qu'aucune tempête. Le gémissement des pins d'Arge-louse, la nuit, n'était émouvant que parce qu'on l'eût dit humain. »

Thérèse avait un peu bu et beaucoup fumé. Elle riait seule comme une bienheureuse. Elle farda ses joues et ses lèvres, avec minutie ; puis, ayant gagné la rue, mar-cha au hasard » *(Thérèse Desqueyroux)*.

Au hasard ? Non, Thérèse sait déjà ce qu'elle cherche. Dans la plupart de ses livres, Mauriac aime à décrire la façon dont l'étau se referme sur ses créatures affamées. La lueur vaste et incertaine que leurs yeux amoureux projetaient sur le monde, et qui leur faisait paraître toute chose désirable, peu à peu se concentre, s'effile, se transforme en un pinceau de lumière crue, qui n'éclaire plus que la chair.

« Raymond brûle alors en esprit toutes les étapes entre lui et Maria : l'abîme franchi, il tient cette tête mystérieuse dans son bras droit replié, il sent sur son biceps la nuque rasée pareille à une joue de garçon ; et cette figure vient à sa rencontre, se rapproche, grossit, aussi vaine, hélas ! que sur l'écran du cinéma... Raymond s'étonne de ce que les premiers passants ne se retournent pas, ne s'aperçoivent pas de sa folie. Que nos vêtements nous cachent bien ! Il s'abat sur un banc, face à la Madeleine. Le malheur est de l'avoir revue ; il n'aurait pas fallu la revoir : toutes ses passions, depuis dix-sept ans, avaient été à son insu allumées contre Maria – comme les paysans des Landes allument le contre-feu... Mais il l'avait revue, et le feu demeurait le plus fort, se fortifiait des flammes par quoi on avait prétendu le combattre. Ses manies sensuelles, ses habitudes secrètes, cette science dans la débauche, patiemment acquise et cultivée, devenaient complices de l'incendie qui maintenant ronflait, en crépitant.

Mets-toi en boule, se répète-t-il, ça ne durera pas ; en attendant que ce soit fini, drogue-toi ; fais la planche. Son père, lui, aura souffert pourtant jusqu'à la mort ; mais aussi quelle vie ! Le tout est de savoir si la débauche l'eût délivré de sa passion ; tout sert la passion : le jeûne l'exaspère ; l'assouvissement la fortifie ; notre vertu la tient éveillée, l'irrite, elle nous terrifie, nous fascine ; mais si nous cédons, notre lâcheté ne sera jamais à la mesure de son exigence... Ah ! forcenée ! Il aurait fallu demander à son père comment il a vécu avec ce cancer. Qu'y a-t-il au fond d'une vie vertueuse ? Quelles échappatoires ? Que peut Dieu ? » *(Le Désert de l'amour).*

L'étrange est que cette soif du corps, cette ardeur de l'adolescence ait toujours survécu chez Mauriac. C'est sans doute parce qu'il l'a toujours dominée, réservant à son monde imaginaire, à ses personnages, la connaissance de ces délicieux supplices. Et même... Il me semble que les personnages qui éveillent le mieux sa tendresse, qui révèlent le mieux son talent ne sont pas des êtres d'amour mais de désir d'amour. Contraints à la solitude par leur laideur physique, comme Jean Peloueyre, par leur pauvreté, comme Mathilde Cazenave, ou par leur vieillesse, comme le docteur Courrèges et Élisabeth Gornac, ils souffrent de n'avoir pas connu l'amour. Les joies qu'il leur eût données leur paraissent d'autant plus fortes qu'elles leur échappent. Ils en épient, sur les visages des autres, les signes mystérieux qui font défaillir leur cœur inassouvi. Et de se découvrir inconsolables, ils découvrent tout à coup qu'il n'y avait rien d'autre à connaître, pas d'autre bonheur, pas d'autre façon de vivre. Nul sourire, par eux seuls dessiné, n'a levé vers eux seuls sa lumière. Nulle main ne s'est soumise aux contours de leur main ; nul regard ne s'est inquiété de leur tristesse et de leur fatigue. Ils vont mourir et ils n'auront pas été aimés, ils vont mourir dans l'ignorance.

Ainsi songe Élisabeth Gornac, dans un jardin au bord des Landes, sous le soleil de juillet, tandis qu'à quelques pas d'elle, cachés dans les meules, le jeune Bob Lagave et Paule de La Sesque s'embrassent silencieusement.

« Elle ne saurait exprimer ce qu'elle éprouve ; elle ne le voit pas très clairement : pour éphémère que soit tout amour, elle pressent qu'il est une évasion hors du temps ; et sans doute il faudra rentrer, tôt ou tard, dans la geôle commune, mais il reste de pouvoir dire :

— Au moins une fois, je me suis évadé ; au moins une fois une seule fois j'ai vécu indifférent à la mort et à la vie, à la richesse et à la pauvreté, au mal et au bien, à la gloire et aux ténèbres – suspendu à un souffle ; et c'était un visage qui, paraissant et disparaissant, faisait le jour et la nuit sur ma vie. Une fois, cela seul, pour moi, a mesuré la durée : le battement régulier du sang, lorsque je me reposais sur une épaule et que mon oreille se trouvait tout contre le cou.

Élisabeth répétait : "Ce n'est pas la même chose…" sans pouvoir s'expliquer pourquoi la mort, qui devait l'arracher à jamais à ses vignes et à ses forêts, n'aurait pas été si puissante contre son amour – l'amour qu'elle n'avait pas connu. Quoi qu'il pût leur arriver, le petit Lagave et la jeune fille auraient cet après-midi éternel. Quel silence ! Élisabeth imaginait que ce n'était pas le soleil d'août, mais ce couple muet qui suspendait le temps, engourdissait la terre. Bien que toutes ces pensées demeurassent confuses dans son esprit, elle ressentait fortement une indifférence à tout ce qui lui avait été, jusqu'à ce jour, l'unique nécessaire – un tel détachement, qu'elle eut peur :

— Je suis malade… Mais bien sûr : c'est l'âge, peut-être… » *(Destins)*.

L'âge, la solitude : la mort. La mort, pour Mauriac, n'est pas une « idée », comme pour Malraux. Ni cette rupture brutale, tantôt horrifiante et tantôt chérie, dont la perspective obsède Bernanos. C'est plutôt une présence permanente, née avec la vie, et qui peu à peu s'étend, l'emporte lentement sur la vie. La vie : l'expérience d'une privation croissante, un irréversible mouvement de dépossession. « Être de moins en moins aimé, jusqu'à ce qu'on ne soit plus aimé » *(Journal d'un homme de trente ans)*.

C'est pourquoi la plupart des personnages dont Mauriac nous décrit la mort meurent seuls. Si une âme enfin vient à s'éprendre de leur misère, comme cette Noémi Péloueyre qui découvre, devant son mari mourant, qu'elle aurait pu l'aimer, il est trop tard. Jean Péloueyre a déjà atteint le stade incurable de cette maladie mauriacienne : la solitude du cœur. Et pour cette Mathilde Cazenave, qui agonise dès le début de *Genitrix* – en une cinquantaine de pages qui sont peut-être les plus belles de toute l'œuvre de Mauriac – la maladie physique (une fausse couche), l'infection, les frissons, la fièvre ne sont que les ombres portées du même mal profond et mortel : ne pas être aimé. Ne pas être aimé !

« [...] Une heure plus tard, la mère Cazenave fit craquer une allumette, regarda l'heure – puis fut un instant attentive, non à la nuit finissante et recueillie, mais au souffle, derrière la cloison, du fils adoré. Après un débat intérieur, elle quitta sa couche, glissa dans des savates ses pieds enflés, et, vêtue d'une robe de chambre marron, une bougie au poing, sortit de la chambre. Elle descend l'escalier, suit un corridor, traverse la steppe du vestibule. La voici en territoire ennemi : aussi doucement qu'elle monte, les marches craquent sous son poids. Alors elle s'arrête, écoute, repart. Devant la porte, elle a éteint sa bougie inutile et tend l'oreille. Le gris petit jour est dans l'escalier. Pas de plainte, ni un gémissement, mais un étrange bruit comme étouffé de castagnettes. Les dents claquent, claquent et une plainte enfin monte… Dieu seul put voir ce qu'exprimait cette tête de Méduse aux écoutes, et dont la rivale, derrière une porte, râlait. Tentation de ne pas entrer, de laisser ce qui doit être s'accomplir… La vieille hésite, s'éloigne, se ravise, tourne le loquet.

– Qui est là ?

– C'est moi, ma fille.

La veilleuse n'éclaire plus la chambre, mais à travers les persiennes, une pureté glacée. Mathilde regarde son cauchemar qui avance. Alors, les dents claquantes, elle crie :

– Laissez-moi. Je n'ai besoin de rien. C'est un peu de fièvre.

La vieille demanda si elle voulait de la quinine :

– Non, rien, rien que le repos, que me tourner contre le mur. Allez-vous-en.

– À votre aise, ma fille.

Tout est dit. Elle a fait son devoir. Elle n'a rien à se reprocher. Que les destins s'accomplissent.

Mathilde qui, dans un geste d'exécration, avait levé les deux mains, même après la fuite de l'ennemie, les tint un instant devant ses yeux, stupéfaites qu'elles fussent violacées. Son cœur s'affolait, oiseau qu'on étouffe et dont les ailes battent plus vite, plus faiblement. Elle voulut voir de près et ne vit plus ses ongles bleus déjà…, mais, même dans un tel excès d'angoisse, elle ne crut pas à l'éternité où elle venait de pénétrer : parce qu'elle était seule au monde, Mathilde ne savait pas qu'elle était au plus extrême bord de la vie. Si elle avait été aimée, des embrassements l'eussent obligée de s'arracher à l'étreinte du monde. Elle n'eut pas à se détacher n'ayant point connu d'attachement. Aucune voix solennelle à son chevet ne prononça le nom d'un Père peut-être terrible ni ne la menaça d'une miséricorde peut-être inexorable. Aucun visage en larmes et laissé en arrière ne lui permit de mesurer sa fuite glissante vers l'Ombre. Elle eut la mort douce de ceux qui ne sont pas aimés » *(Genitrix)*.

Quelqu'un pourtant les aime, ces voyageurs perdus qui meurent de soif dans le désert de l'amour. Un être qui n'abandonne jamais les délaissés, qui ne cesse d'occuper, à leur insu, les cœurs les plus vacants. « Je t'aime plus ardemment que tu n'as aimé tes souillures » : le dieu de Mauriac est avant tout un Dieu d'amour. Tout au long de sa vie et de son œuvre, Dieu continue de remplir le rôle de ce père disparu, qu'il a remplacé dès l'enfance. Il est le seul qui puisse satisfaire cette soif anxieuse de protection, de tendresse et de miséricorde dont brûle le cœur toujours jeune de François Mauriac. Le vrai mystère du Christ, sa mission, la consolation qu'il apporte, c'est ce pouvoir d'aimer les moins aimables d'entre nous. La laideur et les vices que le jeune Mauriac se prêtait autrefois, au nom desquels il se jugeait repoussant, n'effrayaient pourtant pas la miséricorde divine : enfin un être à qui l'on ne pouvait rien cacher, dont rien n'affaiblissait l'amour ! C'est à lui que Mauriac, à travers tant de visages et de lecteurs, à travers ses poèmes, ses romans, ses articles, n'a cessé de désirer plaire.

C'est l'ultime succès de François Mauriac, que son existence personnelle n'illustre pas sa conception de l'existence. Cette vie jusqu'au bout passionnée, lyrique, traversée de succès – 1909 : *Les Mains jointes* ; 1922 : *Le Baiser au lépreux* ; 1923 : *Genitrix* ; 1926 : 7e Grand Prix du roman de l'Académie pour *Le Désert de l'amour* ; 1932 : *Le Nœud de vipères* ; 1933 : l'élection à l'Académie française ; 1938 : l'entrée brillante à la Comédie-Française, avec *Asmodée* ; 1952 : le prix Nobel – cette vie temporelle si tendrement aimée qu'il ne néglige rien – prudence, adresse, audace – pour la réussir n'est nullement l'expérience d'un appauvrissement.

Il ne saurait se plaindre de manquer d'amis, cet homme à qui ses romans, puis son *Bloc-notes*, ont valu tant de lettres, tant de marques de confiance. Qu'importe si d'autres le critiquent et l'insultent. J'avoue que ses positions politiques m'intéressent moins que ce qui le pousse à les choisir. La lumière que nous croyons répandre n'est qu'une ombre ; elle dépend de tant de hasards, et de l'Histoire, et des êtres qui la reçoivent. Mais on peut juger Mauriac sur son désir de lumière.

Ni l'âge ni les honneurs ne sont venus à bout de son inquiétude, de son besoin de prendre parti – ni du goût qu'il a pour ce monde, ni de la foi qu'il a en l'autre. Cette vieillesse qu'il a tant redoutée n'est pas venue. Ce détachement, cette paix qu'il a peut-être parfois désirée, ne lui a point offert son refuge. Il continue de tenir à tout. Et sans doute n'est-ce pas la moindre grâce à recevoir, que ce pouvoir de s'aimer, d'aimer sa vie, même au bord de la grande approche, d'aimer son temps jusqu'à la dernière seconde, d'aimer respirer jusqu'à son dernier souffle.

Aragon

Il pleut. Une pluie immobile et presque invisible, une brume, pareille à la fumée qui obscurcit le restaurant – Anne de Beaujeu – où, d'un instant à l'autre, « ils » peuvent surgir : un surréaliste, un homme politique, un poète, un directeur de journal et un romancier. Tous s'appellent Aragon.

En l'attendant, je lis son dernier recueil, *Les Poètes*, qu'il vient de publier chez Gallimard.

« Combien cela fait-il de jours que je l'attends
Combien d'hivers et de printemps cela fait-il ?... »

Cela ne faisait que dix minutes lorsqu'il est entré. Ses épais cheveux blancs sont maintenant coupés en brosse, mais je reconnais le bleu roux et glacé de ses yeux, sa distraite élégance, et sous le teint mat de son visage, une pâleur qui trahit quelque inquiétude secrète, l'attention à quelque douleur. D'Elsa Triolet, petite et menue, je remarque surtout, bien entendu, les ardents yeux clairs, où Aragon vit « se pencher à mourir tous les désespérés ».

Ils sont là, assis en face de moi, avec l'auréole de leurs œuvres, de leur légende, de leur amour, et leur simplicité m'intimide. Chez les êtres célèbres, nous prenons toujours pour un mystère de plus leur air de n'en pas avoir. Leur naturel paraît suspect. C'est pour mieux nous abuser qu'ils font, comme Aragon, l'apologie du potage, ou feignent d'hésiter entre le cœur de charolais et le foie de veau sous la cendre, comme ces dieux qui prennent pour nous apparaître une forme plus humaine. Aragon n'a-t-il pas parlé, dans *J'abats mon jeu*, d'un « merveilleux art du banal » ?

– Mai oui : c'est l'art de Stendhal par opposition à Chateaubriand, c'est l'art d'Apollinaire dans sa prose, de Nodier, d'Elsa Triolet dans *Bonsoir Thérèse* ou *Roses à crédit* ; c'est l'art de tous les écrivains dont le mystère n'est aucunement réductible à des effets de style. Montherlant aussi y est parvenu – dans les trois premières pages des *Célibataires*... Même deux œuvres aussi différentes que *Gil Blas* et *Le Feu* se ressemblent par cet « art du banal ».

– *Le Feu* d'Henri Barbusse ?

– De qui voudriez-vous que ce soit, jeune homme ? murmure Aragon en souriant – et un instant, dans ses yeux couleur d'épée, passe une lueur railleuse, métallique. Aussitôt ses paupières s'abaissent, leur ombre attendrit son regard. « Quand nous nous promenons ensemble, Elsa et moi, je sens parfois que certain détail, certain spectacle de la rue m'a échappé, comme au théâtre lorsqu'un acteur qui aura un rôle important dans la pièce, entre, et qu'on n'y prend pas garde. Je le sens parce que je devine qu'Elsa l'a remarqué, bien qu'elle n'en parle pas. Mon snobisme est de ne pas manquer cette "entrée". Voilà, dans la vie courante, ce que j'appelle "l'art du banal". »

On ne peut pas dire qu'un homme qui a – entre autres – participé au banquet de la Closerie des Lilas, qui a signé avec les surréalistes la fameuse lettre à Claudel, qui a été élu membre du comité central du Parti communiste, n'ait jamais recherché dans sa vie que le banal. La « jeune génération » doit lui sembler bien tiède, bien timide, bien méprisable. Il est vrai qu'ayant plus de déceptions derrière elle, elle a aussi moins d'espérances.

– Et pourquoi ? dit Aragon en plissant les yeux.

Et tandis que j'essaie de m'expliquer, son regard de plus en plus ironique semble répéter deux vers de son dernier recueil : « Et voilà que ce jeune homme s'est mis à dire des paroles qu'on entend mal et qu'il semble avoir arrangées à son goût. »

– Il me semble que le surréalisme ou la guerre d'Espagne, le nazisme ou la révolution chinoise impliquaient des partis pris violents et passionnels. Aujourd'hui la plupart des problèmes, qu'ils soient littéraires ou politiques, se posent surtout sous leur aspect technique…

– Vraiment ? dit Aragon. Et, se tournant vers Elsa : Ces jeunes gens, dit-il d'une voix terriblement suave, regrettent qu'il n'y ait plus de guerre où l'on puisse aller passer ses week-ends.

Car Aragon aime l'avenir. Le regret du passé l'irrite. Il avoue que ses propres livres l'endorment « comme ces miroirs dont se servent les hypnotiseurs ».

– Qu'appelez-vous « jeunes écrivains » ? me demande-t-il en dégustant un parfait au café qu'il s'est résigné à commander après avoir cherché en vain « une pâtisserie originale ». (Elsa savoure une tarte, sans paraître se soucier d'une phrase de son beau premier livre, *Bonsoir Thérèse* : « La nourriture du meilleur restaurant n'est jamais aussi bonne que la moindre pomme de terre chez soi, où on peut la manger assis, debout, salement. ») Les jeunes écrivains du jeune roman, poursuit Aragon, ont presque tous dans les quarante ans. Quand j'en avais vingt, Cocteau, qui en avait vingt-huit, me paraissait presque un vieillard. Je n'ai pas changé depuis. Ce sont les très jeunes écrivains qui me passionnent ; je lis systématiquement tous les premiers livres. Rien n'est plus émouvant qu'un roman dont l'auteur porte un nom inconnu. La première œuvre est, je crois, la pierre de touche du jugement critique. J'ai chez moi l'original de *Han d'Islande*, sans nom d'auteur, et *Bug-Jargal*, par l'auteur de *Han d'Islande* ; le premier livre d'Alphonse Daudet, et, dans un almanach, les premiers vers de Mlle Desbordes. Cela me fait rêver. Voulez-vous venir les voir ?

L'appartement de la rue de Varenne donne sur un vaste parc dont les arbres sont restés, comme Aragon, invulnérables à l'automne. Tout y est vert, sauf la vigne vierge qui recouvre un mur mitoyen, mais dont la couleur, en cette saison, ne le trahit pas non plus.

– Je m'intéresse à la littérature qui se fait, qui va naître... J'ai le goût de tout ce que l'on n'aime pas encore. Je ne voudrais pas être de ceux qui ont bâillé devant Stendhal. C'est la forme la plus profonde de mon snobisme.

Les amoureux, prétendent les philosophes, redoutent l'avenir, lui tournent le dos, le détestent, parce qu'il les privera tôt ou tard de l'objet de leur passion. Aragon n'a pourtant jamais eu le culte du « Nevermore », il n'a jamais demandé au temps de suspendre son vol. Au contraire : « Il semble à ce qui meurt qu'un monde recommence », écrit-il dans *Le Crève-Cœur* ; et, célébrant les yeux d'Elsa : « Vivre n'a jamais pu me saouler de la vie. » Ce n'est pas l'amour qu'Aragon chante, c'est ce qui précède l'amour, c'est cette soif qui nous avertit tout à coup de l'imminence de sa venue, c'est l'amour de l'amour.

> « Et le vers qu'il scande
> L'amour qu'il demande
> – Le ciel le lui rende –
> Bat comme le sang. »
> *Les Poètes.*

Il porte en lui une idée de la passion que sa passion même ne saurait satisfaire. Il voudrait aimer encore plus, encore mieux, et tout en chantant sa joie d'être amoureux, il continue de prier pour le devenir.

– Mais mon enfant, dit Aragon en souriant, l'amour en est encore au stade de l'alchimie.

Tout au plus, s'est-il un peu précisé, depuis le XIIe siècle, où on l'a inventé.

– La littérature moderne, le cinéma semblent surtout s'intéresser à son aspect sexuel.

– Et vous trouvez cela nouveau ? La sexualité me paraît au contraire la chose la plus banale de la littérature contemporaine.

Aragon pose sur la table un grand cimeterre d'ivoire avec lequel il jouait et, penchant un visage souriant, il ajoute de sa belle voix moqueuse :

– Mais comme vous le savez, je ne suis pas contre la banalité... Évidemment, l'amour n'est pas réductible à la simple volupté. Vous devez deviner que son caractère de « sentiment » m'intéresse beaucoup plus.

– Dans *J'abats mon jeu*, vous écrivez que la plupart des grands démocrates, de Saint-Just à Lénine, ont été de grands amoureux. Pourquoi ?

– Parce qu'une conception juste et forte de l'amour implique des vues particulières sur l'organisation des hommes, sur leur nature, sur leurs exigences. L'amour entaché du malheur des autres n'est plus l'amour.

Un coup de tonnerre, une rafale de pluie contre les vitres : dans la lumière blanche de l'orage, les reliures des livres qui tapissent les murs luisent. Mais déjà, au fond de la pièce, la statue en bois rouge d'un guerrier de la Nouvelle-Irlande dévoré par un oiseau s'enfonce dans l'ombre. Je songe à l'admirable tombée de la nuit du *Paysan de Paris* : « La nuit a des sifflets et des lacs de lueur. Elle pend comme un fruit au littoral terrestre, comme un quartier de bœuf au poing d'or des cités... Ici commence une région d'éclipse. Ce bruit de chaînes qui tombent, au premier pas, vers le cœur du jardin ! » La lampe éclaire maintenant le beau front à la fois bistre et pâle, argente les yeux, au-dessous desquels passe l'ombre circulaire de l'abat-jour. D'où vient, de ce visage, la tension mystérieuse, le pesant et profond souci ? Il ressemble à celui des hommes qui vivent dans la familiarité de la souffrance – les grands malades, les grands médecins – et qui réapprennent chaque jour à dominer non plus leur émotion, mais cette impuissance définitive à la livrer tout à fait, à la faire partager, comprendre – et qui donne à leurs traits tant de bonté, d'amertume, d'indifférence et de solitude. Aragon s'oublie-t-il parfois ? Quelles sont ses distractions ?

– Distractions ? J'avoue que je ne comprends pas ce mot… Ah ! si… J'aime travailler dans mon jardin.

Il y travaille fort bien : dans sa propriété de Saint-Arnoult-en-Yvelines les pelouses sont rasées de frais et semées de roses. Les deux bras d'une rivière enlacent le parc. Dans le living-room où, le lendemain, Aragon poursuit ses confidences auprès d'un feu de bois, on entend roucouler des tourterelles.

– Elles adorent faire des enfants, m'explique Aragon. Nous avons beau distribuer des petits tourtereaux à tous nos amis, elles vont encore plus vite à les faire. Je vais vous montrer mon opéra.

Il gravit un escalier au haut duquel une porte semble donner sur le vide – et disparaît. Quelques instants plus tard, un bruit de Niagara. Aragon redescend, démonte un panneau de bois circulaire, lové dans le mur ; une vitre apparaît, et derrière cette vitre une formidable cascade d'eau blanche. C'est ainsi qu'Aragon, à ses moments perdus, détourne le cours des rivières : l'eau s'écoule par un canal souterrain et rejoint un peu plus loin le cours principal.

– Hollywood, me dit Aragon – que je complimentais sur ce spectacle « hollywoodien » – n'est pas à mes yeux un mot péjoratif. La « civilisation de Hollywood » a apporté des choses tout à fait précieuses.

– Vous n'avez jamais parlé de la littérature américaine : qu'en pensez-vous ?

– Que vous n'avez pas lu tout ce que j'ai écrit – heureusement pour vous, mon enfant. J'ai été de ceux qui ont introduit la jeune littérature américaine dans les années vingt. J'ai beaucoup plus fait pour elle que pour la littérature chinoise... En fait, même s'il y a un « langage » américain, je ne sépare pas la littérature américaine de la littérature anglaise. C'est même la poésie anglaise que je préfère – et particulièrement Keats.

– Quels sont les écrivains américains que vous préférez ?

– En 1939, j'ai été invité à un congrès littéraire aux États-Unis. J'ai commencé mon discours en déclarant que je voulais saluer un très grand romancier, présent dans la salle. Chacun, bien sûr, attendait son nom – sauf peut-être Dashiell Hammett. Dashiell Hammett est un de ces écrivains « en marge » (il a été détective privé, puis il a fait des scénarios pour Hollywood) qui ont souvent écrit les meilleures œuvres de la littérature américaine, mais qui n'ont été reconnus au début qu'à l'étranger. C'est le cas d'Edgar Poe, de Mark Twain, de Jack London, de Melville. Cette caractéristique d'être « en marge » est peut-être la chose la plus précieuse que l'Amérique ait jamais apportée. Il est regrettable, à mon avis, qu'elle se constitue depuis trente ans une grande littérature classique contemporaine. Ce n'est pas, je crois, sa destinée naturelle.

– Vous parlez longuement, dans *J'abats mon jeu*, du « réalisme socialiste ». Pouvez-vous le définir à nouveau ?

– Je suis responsable de l'introduction du concept de « réalisme socialiste » en France, mais on s'en fait une idée schématique – que l'on soit pour ou contre. Ce n'est pas un corps de doctrine, mais une tendance évolutive. Ce « réalisme » est basé sur un travail scientifique de l'écrivain.

– Celui que vous avez fait dans *Les Communistes*, par exemple, ou dans *La Semaine sainte* ?

– Si vous voulez.

– Un écrivain comme Alain Robbe-Grillet ne fait-il pas, lui aussi, cet effort scientifique ?

– Oui, mais il ne s'agit plus de réalisme ; c'est du naturalisme. Robbe-Grillet a écrit quelque part qu'il décrirait volontiers un escalier, mais se moquait d'où il venait et où il allait. Pourquoi décrire la réalité si c'est pour se borner à la réalité ! Elle n'est que la matière de l'art ; l'écrivain doit lui donner un sens : c'est là qu'intervient l'aspect « socialiste » de mon réalisme.

– Vous avez écrit dans un article que l'art du roman était « l'art de savoir mentir ». Cela ne contredit-il pas le réalisme ?

– Le réalisme n'est pas la photographie. Le mensonge est un moyen social de dire ce qui ne pourrait être dit autrement. Si vous voulez, l'art réaliste c'est le mensonge au service de la vérité – contrairement à ce que la plupart des gens croient.

Peu d'hôtes reçoivent avec autant de grâce et de courtoisie qu'Aragon. Il a tenu à me montrer ses livres (plus de vingt mille volumes), ses tableaux (Lurçat, Matisse, Picasso, Fernand Léger), la pièce d'eau de son jardin (des poissons rouges), et sa collection de médaillons. Des photographies d'Elsa, des portraits d'Elsa – par Matisse – ornent son cabinet de travail.

– Quels sont vos rapports littéraires avec Elsa Triolet ?

– Elsa n'est pas influençable. Moi, si. Infiniment. Évidemment nous nous montrons tout ce que nous écrivons – ce qui flatte mon snobisme, puisque je connais les livres d'Elsa avant les autres...

Aragon, qui aime beaucoup lire à voix haute, me lit la préface qu'il a consacrée à un livre qui paraîtra prochainement chez Gallimard : *Elsa Triolet choisie par Aragon*. « Sans elle, je me serais tu... »

– Quand écrivez-vous ?

– Quand je peux. Quand on m'en laisse le temps. J'essaie de prendre des décisions draconiennes pour me libérer, mais je suis faible. J'écris aux heures que je vole au reste de ma vie – au petit matin, ou tard dans la nuit.

– Ne regrettez-vous pas de les voler peut-être au bonheur ?

– Non, parce que je n'écris jamais que pressé par la nécessité intérieure, impérieuse, d'écrire. C'est pour moi la seule solution à certains problèmes – non pas une question de vie, mais de survie.

La nuit, de nouveau, tomba. Debout dans le jardin, près de la porte du salon. Aragon me regarda partir. La lumière d'une lanterne accrochée au mur tombait droit sur lui : il n'avait pas d'ombre. Absolument immobile, immobile et seul, « les bras baissés, les mains vides », il semblait regarder quelque chose d'invisible. Peut-être était-ce l'horizon de cet avenir qu'il aurait voulu sans horizon, sans fin, qu'il a tant aimé, et qu'aujourd'hui il veut aimer encore, même s'il se confond avec la mort ? Peut-être Aragon songeait-il douloureusement qu'un jour il lui faudrait quitter Aragon. Quel grand amoureux ne fut aussi un amoureux de soi ? Immobile et seul dans la lumière, sur le seuil de sa porte, il semblait répéter, avant de disparaître, ces quatre derniers vers des *Poètes* :

« Je vous laisse à mon tour comme le danseur
qui se lève une dernière fois
Ne lui reprochez pas dans ses yeux s'il trahit déjà
ce qu'il porte en lui d'ombre
Je ne peux plus vous faire d'autres cadeaux
que ceux de cette lumière sombre
Hommes de demain, soufflez sur les charbons.
À vous de dire ce que je vois. »

Julien Gracq

« Le 17 octobre 1793, ici même, à Saint-Florent-le-Vieil, 80 000 Vendéens ont franchi la Loire, poursuivis par les soldats de la Convention. Étendu sur un matelas, dans une maison du bas de la ville, M. de Bonchamp mourait. Lescure était grièvement blessé. Les Vendéens étaient sans chef. Ils ont élu La Rochejaquelein, qui n'avait que 31 ans... »

Cette voix ouatée, secrète, qui chuchote la fin de ses phrases, est celle de mon ancien professeur d'histoire au lycée Claude-Bernard, Julien Gracq. À cette époque, ses élèves ne connaissaient pas ce nom. Nous ne savions rien de lui. Sa réserve nous intimidait. Il avait le sourire trop rare, le regard trop froid. Nous pressentions un mystère. Ce mystère, qui avait inquiété une classe de première, passionna d'un seul coup le monde littéraire et son public. Mais en vain. Les chasseurs d'échos revinrent la carnassière vide. *Le Rivage des Syrtes* se replongea dans le silence, et son étrange auteur dans la paix de sa solitude.

Sur une terrasse jonchée de plantes vertes, face à la Loire, non loin de la maison où mourut Bonchamp, Julien Gracq me parle de son dernier livre, *Un balcon en forêt*. Le soleil se couche. La Loire a des reflets de cuivre. Une barque dérive sur ce fleuve paresseux. De l'autre côté, au ras des collines, monte la première brume de septembre ou, peut-être, la fumée du dernier feu d'herbe. Ce paysage tiède, languide, où est né Julien Gracq, s'enfonce peu à peu dans la rive.

– Je n'ai jamais songé à situer ici mon dernier livre, dit-il. Je préfère les régions que je connais moins et que j'essaie de réinventer, la Bretagne par exemple, ou, pour *Un balcon en forêt*, les Ardennes – qui ont du reste une certaine parenté avec la Bretagne.

– Les paysages jouent d'ailleurs un très grand rôle dans votre œuvre. Julien Green écrit dans son *Journal* que ses romans naissent toujours d'un personnage. Bernanos disait qu'il écrivait pour retrouver coûte que coûte la source d'inspiration, l'émotion première dont avait jailli son livre. Comment est né *Un balcon en forêt* ?

– De l'image des Ardennes, probablement. Et du souvenir d'un certain climat. Peut-être même cette image a-t-elle déterminé les héros et l'intrigue du récit – car c'est un récit, j'insiste là-dessus, et non un roman.

– Pourquoi avez-vous rompu, dans ce récit, avec la tradition « onirique » de votre œuvre ?

– Quand les choses ou les situations se mettent à rêver tout éveillées, le rêve proprement dit y trouverait peut-être mal son insertion. Et cette guerre, telle que je l'ai vécue du moins, était somnambulique. L'impression d'irréalité était par moments extrêmement forte. D'ailleurs, *Un balcon en forêt* peut fort bien s'apparenter au *Rivage des Syrtes*. Le thème central, l'attente de la guerre, peut-être de la mort, en est le même. J'ai été extrêmement frappé par le climat qui régnait en France pendant les années 1939-1940, cette impression d'être au bout du rouleau, de laisser courir cette désintégration consentie. On attendait l'événement avec une espèce de stupeur magique, comme une fin du monde indéfiniment suspendue. Tant et si bien qu'on avait fini par s'y faire : à l'intérieur, on ne parlait presque pas de la guerre.

Nous descendons l'escalier de pierres blanches, longeons le quai pour aller dîner à l'« Hôtel de la Loire ». Un petit vent s'est levé, que l'on devine au clapotis de l'eau contre les arches du pont. Je vais poser à Julien Gracq la question que les critiques n'ont pas su résoudre, et qui inquiétera sûrement les lecteurs d'*Un balcon en forêt* : le héros de ce livre, l'aspirant Grange, commande un blockhaus près de la frontière belge. C'est une position sacrifiée d'avance, et il le sait. Son capitaine lui propose une mutation ; il refuse. Est-ce pour rester près de Mona, la jeune veuve qui vit dans un chalet voisin, et dont il est devenu l'amant ? Est-ce l'attrait du danger, de la mort ?

– Non, répond Julien Gracq. Il s'arrête, hésite, plaque les mains contre un mur imaginaire. Ce n'est pas si clair. C'est plutôt le besoin pour Grange de coller à cette frontière... de rester sur place.

– Mais pourquoi ?

– Il faudrait le lui demander, dit-il en souriant. Je suppose que si je voyais lucidement mon livre, ses motifs profonds, je ne l'aurais pas écrit. Tout de même, vous avez bien dû expliquer autrefois à Claude-Bernard le passage de Chateaubriand « Levez-vous vite, orages désirés… ». Ce n'est pas de la littérature. L'ombre portée d'un grand événement, catastrophique, qui s'approche, est à la fois vénéneuse et étrangement attirante – et je parle d'ailleurs, quelque part dans ce livre, du mancenillier.

Pourtant, certaines réactions de Grange laissent deviner qu'il s'agit moins d'un choix délibéré que d'une espèce d'envoûtement, une véritable fascination de l'immobilité. « Ce n'était pas le danger qui le préoccupait en cas de vraie guerre, c'était le mouvement. » Il accepte d'avance un cataclysme géant, universel, dont nulle fuite ne le préservera. « D'où pouvait venir, se demande-t-il, que cette guerre-ci touchât le monde d'une pareille maladie de langueur ?… On n'attendait rien, sinon, déjà vaguement pressentie, cette sensation finale de chute libre, qui fauche le ventre dans les mauvais rêves et qui, si on eût cherché à la préciser, se fût appelée le bout du rouleau. »

Au fond, tous les personnages de Julien Gracq subissent cette obsession de la fatalité, qui évoque l'apathie d'Hamlet, et que le monde moderne appelle l'angoisse. L'histoire est devenue synonyme d'angoisse. Chez Jean-Paul Sartre, c'est une idée abstraite, cérébrale, qui feint de s'incarner dans un vocabulaire cru. Chez Gracq, au contraire, c'est une sensation trop précise et concrète, qui se dissimule dans le rêve. Si *Un balcon en forêt* ne se situe pas dans l'irréel, c'est que la réalité, cette fois-ci, dépassait le rêve. Grange est un Œdipe qui a déjà reconnu sa mère et qui ne se révolte plus.

– Je crois que cette angoisse, un peu fascinée, vient aussi du sentiment de l'écart désormais insondable, sidéral, entre l'action individuelle et le résultat collectif. La conduite individuelle dans ses rapports avec le destin de l'espèce est vraiment à l'étape de la nuit obscure, cette avant-dernière étape dont parlent les mystiques. C'est peut-être pourquoi la jeune littérature, si brillante et si sèche, ressemble aux marivaudages qui précédèrent la révolution. « Hâtons-nous d'en rire… »

– Ne trouvez-vous pas que certains romans de ces deux dernières années réagissent déjà contre cette influence ? Je pense à Butor, Claude Simon. Robbe-Grillet…

– J'ai aimé *La Modification* et *Le Voyeur* dont l'érotisme glaçant m'a frappé. Je n'ai pas encore lu *Le Vent*. Il y a sûrement dans ces ouvrages une grande recherche d'inventions techniques. Mais ce n'est pas de technique que le roman manque. C'est de cœur et de tempérament. Le roman est une sorte de matériau plastique, de fourre-tout ; les techniques sont licites. Il ne saurait y avoir, en matière romanesque, de technique révolutionnaire. Mais il faut dire que le public français n'encourage pas les romanciers. Le cinéma, la radio, la télévision ont de plus en plus d'emprise sur le public et sans doute que le roman, pour l'attirer, a besoin d'annoncer de temps en temps lui aussi qu'il passe au technicolor ou à l'écran panoramique. Les écrivains, pour lui plaire, doivent devenir des vedettes. À cet égard, la position que j'ai prise dans *La Littérature à l'estomac* n'a pas changé.

– Quelle sorte de révolution pourrait animer le roman moderne ?

– Il me semble que nous assisterons, dans quelques années, à un retour au romantisme. Rousseau reviendra pleurer tout ce dont Beaumarchais a ri. Le romantisme du XIXe siècle était une réaction contre un cataclysme historique. On ne pense jamais que Chateaubriand, Musset, Vigny, Lamartine, étaient tous des nobles ; leur famille avait entendu en tremblant *La Carmagnole*, avait parfois connu la misère et l'exil. D'où cette nostalgie du passé – ce sentiment d'une résurrection fragile, menacée –, cette mystique des ruines et de la mort, ce parfum d'automne.

Julien Gracq a voulu me faire goûter aux spécialités du pays : le beurre blanc et le muscadet. Les rares pensionnaires se sont réfugiés dans le même coin de la salle à manger ; ils parlent peu, et les chocs de verres et de couteaux, dans le silence, ressemblent à des bruits de clinique. La chance a ainsi voulu me faire retrouver l'auteur d'*Un beau ténébreux* dans un cadre dont il doit sentir, mieux que personne, la fascinante détresse : les hôtels de septembre. Je lui raconte les souvenirs que j'ai gardés de son cours, son étonnante ponctualité, cette manie qu'il avait de pousser de temps en temps le carnet où il inscrivait nos notes – une petite bête bleue, sournoise, dont il ne trouvait jamais la place exacte.

Ces souvenirs amusent Julien Gracq. Lorsqu'il sourit, son visage aux traits minces, aux cheveux coupés ras, s'éclaire tout à coup d'une lumière plus tendre, presque enfantine. Nous reparlons de la Révolution.

– Et Saint-Just ?

– Ce qui me frappe chez Saint-Just, c'est la proximité des bancs du collège ; Saint-Just a été projeté du collège dans le terrorisme abstrait, et son jumeau littéraire serait peut-être Rimbaud. Il y a là une espèce de sécheresse coupante, la Garoute.

– Vous trouvez Rimbaud sec ?

– Oui, la sécheresse de la décharge électrique. Le dernier poète humain, c'est Baudelaire. Il n'y a plus de grand poète français depuis Baudelaire.

– Dans votre recueil de poèmes, *Liberté grande*, on sent en effet une certaine parenté avec Baudelaire.

– Vous trouvez ? Breton me l'a déjà dit. Mais je ne vois pas du tout en quoi.

– Pensez-vous que la poésie moderne traverse une « crise » comme le roman ?

– On ne peut pas parler toujours de « crise ». Ce qui est certain, c'est que le public des poètes est devenu à la fois plus rare et plus exigeant. Pourquoi s'en plaindre ? Songez aux vers des poètes modernes, à René Char par exemple, et songez à ceux de Victor Hugo. La poésie a rompu avec une équivoque et ce n'est pas un mal. Tant pis pour les tirages.

Julien Gracq me ramène chez lui goûter au vieux marc que son père fabriquait lui-même. Il m'apprend qu'il prépare un autre roman, dont une grande partie avait été écrite avant *Un balcon en forêt*. *Un balcon* a été pour lui une détente, qui lui a pris deux « saisons » – car il ne travaille que pendant les vacances. Dans son prochain roman, nous retrouverons l'irréel.

De nouveau je descends le petit escalier blanc qui mène au jardin. Saint-Florent-le-Vieil dort déjà. Julien Gracq s'inquiète des trois cent cinquante kilomètres et de la nuit qui me séparent de Paris. Il n'a jamais cherché la célébrité, croit ne la devoir qu'au hasard et ne comprend pas que l'on vienne de si loin pour lui. Je monte en voiture et fais demi-tour. Il recule jusqu'au mur pour me laisser passer. J'aperçois une dernière fois, au pied de son ombre, la mince silhouette de cet écrivain du mystère, dans la lumière fantastique des phares.

Hemingway

« *Estival is the best, I bet you...* » Le champ de courses d'Auteuil, à quatre heures ; assis dans la tribune vitrée du restaurant, en compagnie de deux dames, de son secrétaire, « Il Negro », et d'un jeune Canadien aux longs cils, Hemingway achève de déjeuner. Cinq couverts ; trois bouteilles : les dames n'ont pas dû boire. Pour le moment, je ne vois que sa nuque puissante, le col bleu de sa chemise, ses larges épaules, et lorsqu'il lève les bras pour porter les jumelles à ses yeux, sa veste marron à points noirs se tend sur son dos massif. Au loin, les chevaux tournent, lents et légers comme des chevaux de manège. Le haut-parleur bredouille. Hemingway se retourne.

– Vous avez compris ce qu'il a dit ?

Avec sa barbe très blanche, son front immense où retombe une petite mèche blanche, il évoque un bonhomme de neige à la tête carrée.

– Estival est arrivé troisième, dis-je.

– Alors, nous somme foutus. Il enlève ses lunettes, se tourne en souriant vers les dames. Je veux dire, fichus... Dans les courses de sept chevaux, vous savez, le troisième n'est pas placé.

Il lève son verre, avec un clin d'œil naïf :
– Buvons à notre échec, dit-il.

Hemingway m'a accordé la permission de le rejoindre dans la soirée. À six heures, nous sommes au « petit bar » du Ritz.

– « Papa », lui demande le barman, je vous fais chambrer votre thé-tilleul ? Quatorze degrés, comme d'habitude ?

Il nous apporte aussitôt un rosé-cassis glacé.

– « Papa » ne boit que du rosé ou du whisky, m'explique le jeune Canadien aux longs cils, fils d'un vieil ami de Hemingway.

– Les autres alcools ne sont pas… sains, dit « Papa ». Lorsqu'il sourit, sa bouche s'entrouvre sur des dents très petites, le long desquelles serpentent des lèvres roses et lisses. Excusez-moi, ajoute-t-il, je ne peux pas bien parler français en ce moment. Je reviens d'Espagne. Je ne suis pas encore bien adapté.

– Vous écrivez en ce moment un livre sur Ordonez, je crois. Avez-vous assisté à toutes ses corridas ?

– Toutes. Je l'ai suivi dans toute l'Espagne. Nous avons même été à Nîmes ensemble. À Nîmes, j'ai dû le quitter.

Son sourire s'éteint, il lève un regard d'enfant blessé :

– Il torée à Lima, en ce moment.

Antonio Ordonez est le fils du célèbre torero Nino de la Palma. Quand Hemingway frôla la mort en Afrique, il y a cinq ans, au cours d'un accident d'avion, il reçut d'Antonio un message si émouvant qu'une amitié

naquit tout à coup, à cinq mille kilomètres, par un télégramme. Lorsqu'il vit enfin Ordonez, sans doute crut-il
revivre cette scène où il l'avait rêvé sans le connaître,
bien des années auparavant :

« Le jeune homme était debout, très droit, très sérieux
dans son costume de torero. Ses cheveux noirs brillaient
sous la lumière électrique. Il portait une chemise de toile
fine et son assistant, ayant achevé de le ceindre, se releva
et recula. Pedro Romero fit un signe de tête et nous serra
la main, très distant et très digne… » *(Le soleil se lève
aussi)*.

Le « petit bar » du Ritz est maintenant plein. Accou-
dés au comptoir, trois Américains s'offrent tour à tour
des babies et des Rose. Une vieille lady aux cheveux
blancs, une Pall Mall tremblante entre les lèvres, regarde
ses ongles vernis. Le grelot du shaker couvre un moment
la voix d'Hemingway « … prises pendant l'été ». Il me
passe des photos, qu'il commente l'une après l'autre.

– Ça, c'est à Malaga ; le jour de la *mano a mano*
entre Ordonez et Dominguin, la plus belle course de
la saison. Ça, c'est Pampelune. Nous avions rencontré
deux « prisonnières »… très charmantes… Des Améri-
caines, d'ailleurs.

– Des prisonnières ?

– « Papa » appelle toutes les femmes des « prisonnières », m'explique le jeune Canadien.

– Nous prenions notre breakfast vers dix heures,
poursuit Hemingway, Sandwiches et vin rosé. Et puis,
on se promenait, on prenait un verre ou deux et, après
le déjeuner, j'allais voir la course d'Antonio.

Je regarde, sur la photo, le jeune visage aux cheveux
noirs et luisants, les joues pâles, la bouche crispée, et

je l'imagine seul au milieu de l'arène, dans son habit blanc et or, juste avant que le soir ne tombe – à l'heure où le moindre mouvement de l'épée scintille dans une lumière grise, où les dorures brillent plus fort – beau, audacieux, échappé d'un roman de Hemingway. Et, quelque part dans la foule, le cœur battant, le romancier qui suit des yeux son héros – un héros dont il n'est plus le maître, un héros vivant qui joue sans lui sa vie.

La dernière photo est celle des adieux. Hemingway serre Ordonez dans ses bras, mais il ne le regarde pas, il semble déjà fixer, de son œil bleu, lointain, plein d'une douceur lumineuse, l'image qu'il gardera de lui dans sa mémoire, et avec laquelle un simple faux pas d'Antonio peut le laisser seul pour jamais.

– Barman, rendez-moi un peu de thé. Hemingway rit de nouveau. La vie est trop sérieuse pour qu'on la prenne au sérieux. Il faut blaguer. Quand quelque chose est trop chaud, il faut dire que c'est frais. Voilà ma mystique.

C'était aussi la mystique de Robert Jordan, le héros de *Pour qui sonne le glas*, quand, couché sur des aiguilles de pin, seul et la jambe brisée, il regardait monter la colonne ennemie qui allait l'achever. « Tu as eu beaucoup de chance, se dit-il à lui-même, d'avoir une aussi bonne vie… Mourir n'est moche que quand ça prend longtemps et que ça fait si mal qu'on en est humilié. Voilà où tu as toute la chance, tu vois ? Rien de ce genre avec toi. »

– Blaguer, répète Hemingway. Il baisse les yeux dans un rire silencieux, les ferme presque. Mais Paris a bien changé… Est-ce qu'on dit encore Paname ?

– De moins en moins.

– Oui... mais c'est de moins en moins Paname.

– Vous le regrettez ?

– J'essaie de ne rien regretter.

– Que pensez-vous du voyage de Khrouchtchev ? Du « réchauffement politique » ?

– Je n'aime pas parler de la politique, vous savez, ni chaude ni froide. Mais enfin cela me semble bon, non ? À qui cela ne semblerait-il pas bon ? Il réfléchit un instant, ses yeux se fendent, brillent d'une malice candide. Si... Il y a peut-être des jeunes gens qui sont déçus... qui comptaient sur la bombe atomique pour résoudre le problème de leur avenir. Ils s'aperçoivent qu'il faut travailler. Comme nous. Rien à faire. La bombe atomique, je n'y connais rien. Je sais seulement qu'aux États-Unis c'est notre spécialité. Il vaut mieux que vous en parliez à Peter, ajoute-t-il en désignant le Canadien : il est ingénieur-chimiste.

– Oh ! je ne fais que de la chimie organique.

– Ah ! c'est juste, dit Hemingway en riant. De la chimie organique. Pas de chimie désorganisée.

À cet instant entre un jeune homme harnaché de courroies de cuir, d'instruments d'acier, et jetant autour de lui des éclairs électriques. C'est le photographe de *Arts*. Hemingway se penche vers son chauffeur-secrétaire-homme de confiance-surveillant général-gouvernante, son « Il Negro », et lui dit très vite, comme s'il s'excusait : « Oui, oui, je vous assure. Ils m'ont demandé la permission de faire des photos. » Gêné, il se lève et se rassied. Chaque fois qu'une personne s'est jointe à notre groupe, il s'est ainsi levé, attendant avec une timidité, un respect émouvants, qu'elle se soit assise pour se rasseoir à son tour.

Nous dinâmes à L'Espadon. Je lui appris que les différentes enquêtes menées auprès de la jeunesse française, voici deux ans par plusieurs hebdomadaires, témoignaient toutes de son prestige : il se plaçait généralement entre la cinquième et la huitième place. Il est vrai qu'il incarne, à l'époque de la spécialisation, le mythe de l'homme complet : boxeur, chasseur, pêcheur, soldat, révolutionnaire, *aficionado*, il répond à tous les rêves, et surtout à la toute moderne, toute-puissante nostalgie de la virilité.

– Qui était le premier ?

– Dostoïevski.

– Et Shakespeare ?

– Environ dixième.

– Oh ! dit-il. Dixième, vraiment ? Il paraissait désolé. Shakespeare est bien meilleur que Dostoïevski. Shakespeare est le meilleur de tous.

– Que pensez-vous des jeunes romanciers français ? Butor, Robbe-Grillet ?

– Ce sont de bons écrivains. Mais... il hésita un moment, me regardant de biais d'un œil fixe, inquiet, comme partagé entre la méfiance et la douleur de devoir se méfier. Je m'excuse : le travail des autres est trop sérieux pour qu'on puisse en parler si vite, à la légère. On peut parler de son propre travail à la légère ; pas de celui des autres.

Hemingway travaille le matin de six heures à midi. Il écrit entre 450 et 1 250 mots. Mais il n'aime pas beaucoup parler – même à la légère – de son propre travail.

– Un écrivain doit lire, observer et se taire. De toute façon, à mesure qu'il vieillit, le dialogue devient pour lui de plus en plus difficile.

– Vous préparez un roman actuellement ?

– Oui. J'y travaille depuis deux ans et demi. Je crois que c'est bon, je suis content. Je lui en ai montré des passages, ajouta-t-il en se tournant vers « Il Negro », qui opina aussitôt, flegmatique. Il trouve que c'est bon.

– Quand le publierez-vous ?

– Je ne sais pas. De toute façon c'est toujours mauvais de publier. On est trop flatté ou trop découragé. Et puis c'est une question de chance ; j'ai eu de la chance pour presque tous mes livres, voilà tout. Maintenant je vais retourner à Cuba, je vais retrouver ma femme. Ordonez m'y rejoindra avec la sienne. Nous allons mener là-bas une vie bien sage.

« Vous savez ce que c'est, à La Havane, de bonne heure le matin, avec les clochards encore endormis le long des murs des édifices, avant même que ne s'amènent les voitures des glaciers avec la glace pour les bars ? » *(En avoir ou pas).*

– En hiver, ajouta Hemingway, nous irons tous skier à Sun Valley.

Il se tut, vida son verre, me regarda deux ou trois fois, très vite ; il semblait attendre quelque chose.

– Puis-je vous être encore utile ? dit-il enfin.

Je me rappelai soudain, avec remords, qu'il n'aimait guère les interviews, que je l'importunais depuis quatre heures, et que seules la lumière et la bonté naturelles de son visage m'avaient donné l'illusion que notre entretien lui faisait plaisir.

Il m'accompagna jusqu'à la porte tournante. Là, comme je l'avais vu faire aux personnes qui l'avaient quitté, il laissa tomber sur mon épaule un lourd, un affectueux coup de patte. Une seconde, imperceptiblement, sa main se crispa. Il ne regrettait sûrement pas mon départ. Mais à l'instant de toute séparation, même avec le premier venu, ses yeux prennent toujours cette fixité déchirante – comme si le premier venu s'était changé tout à coup en un ami précieux qui le quittait pour jamais. Il me serra la main ; le chasseur fit tourner la porte : quand je me retournai il avait disparu.

Où qu'il soit, quoi qu'il fasse, Hemingway se couche toujours à minuit ; il n'était que dix heures. Resterait-il à L'Espadon ? Ferait-il un pèlerinage à Montparnasse ? Je m'y rendis, y errai longtemps, dans l'espoir de l'apercevoir encore...

Mais le Montparnasse qu'il avait tant aimé était désert, Le Select et La Coupole, vides ; Le Dôme, fermé. Et à L'Épi Club il n'y avait que Françoise Sagan.

Henri Guillemin

Henri Guillemin vient de fondre sur une nouvelle proie : Benjamin Constant. Inquiet, il cherche à devancer les critiques : « Il ne s'agit pas, écrit-il dans son avant-propos, de partis pris idéologiques. Il s'agit de ces réflexes que l'on a, viscéralement, devant les êtres... Qu'ils pensent comme moi, ou pas, ce n'est pas ce qui compte. Ce qui compte, c'est ce qu'ils sont. » Ces protestations ressemblent à celles que Bernanos, dans *L'Imposture*, prête au blême Pernichon : « Ne me condamnez pas ! Comprenez-moi ! Je n'ai aucune haine contre M. Catani, pas l'ombre. Mais enfin, voyons ! Je défends ma situation, mes moyens d'existence, ma vie. » Et Mgr Espelette, en lissant ses petites mains blanches, lançait innocemment ce trait : « Vous criez avant qu'on ne vous écorche, mon enfant. »

Pauvre Pernichon... L'Église le chasse, la presse lui supprime ses chroniques, le « riche établissement » dont il rêvait échoue. Henri Guillemin est son jumeau heureux. Il réussit ce que l'autre a raté. Il est célèbre. Dans le ciel de la critique catholique, il est l'ange exterminateur. Du Bellay, Vigny, Flaubert, Thiers, Gide, Benjamin Constant... il a déjà tué plus de dix morts.

Vivants, des bras vengeurs se sont levés ; ils accusent ses biographies haineuses, ses méthodes policières. Il faut le comprendre. Il suffit même de le voir. Dans ce visage gris, ce visage dont on se souvient mal, il n'y a pas de haine. De la rancœur, peut-être ; une sorte de charme triste, qui trahit on ne sait quelle blessure, ou quel remords...

Sainte-Beuve était né bourreau, Henri Guillemin est né bon élève ; il l'est resté longtemps. « Je suis un amateur de bonne volonté », écrit-il encore aujourd'hui. Consciencieux, appliqué, normalien, il fut d'abord le spécialiste de Lamartine. Il publia sur *Jocelyn*, en 1936, une thèse remarquable : elle fut peu remarquée. Il faisait des conférences honnêtes : on les jugeait ternes. La Sorbonne était loin de la faculté de Bordeaux. Il y eut sûrement, dans la vie d'Henri Guillemin, un soir cruel où il sentit qu'il ne faisait pas le poids. Il lui fallait, coûte que coûte, s'inventer un personnage passionné. Le drame est là : comme Pernichon, c'est un simple, et comme lui il brigue un destin compliqué. Une ambition creuse les dévore. Ils appartiennent tous deux à la race douloureuse des gourmands sans appétit.

Le sort et le public, qui n'avaient pas rendu justice au vrai, à l'honnête Guillemin, encouragèrent le comédien. Lors d'une conférence à Alger, il arracha sa cravate par mégarde. On l'applaudit. Il recommença ailleurs : on l'applaudissait toujours. Il attaque la vie privée de Du Bellay, Racine et Bossuet : Charles Maurras proteste. C'est un succès. Il frappe Montalembert.

Il a trouvé son style : les gens qui se fabriquent un personnage le choisissent volontiers antipathique ; ils croient que cela fait plus *vrai*. Il sera le Fouquier-

Tinville de la critique historique, le procureur Mornet de l'histoire littéraire. Pendant quelques années il se fait les dents, mordille au hasard les têtes couronnées. Il accumule les inédits : ceux qui les détiennent se laissent séduire : la souffrance charme. Et Guillemin souffre. Il se faufile dans les familles illustres, avec des ruses de renard à l'affût du fromage. La clé du grenier tombe enfin du bec des héritiers. Là-haut, c'est la malle au trésor, ce que Mauriac appelle « le gibier des chasseurs de l'espèce Guillemin : correspondances privées, carnets intimes, notes de toutes sortes ». Un rai de lumière oblique, où dansent des grains de poussière, tombe d'une lucarne. Elle éclaire les secrets honteux de Victor Hugo, que deux mains fiévreuses déshabillent.

« Dans le jardin des morts où nous dormirons tous,
L'aube jette un regard plus calme et plus céleste. »

Victor Hugo n'avait pas prévu le regard d'un Henri Guillemin. Ceux qui pieusement avaient fait la toilette du mort n'avaient pas prévu son passage.

1954 : avec *Hugo et la sexualité*, le premier grand scandale éclate. C'est l'art d'être gaillard. « Atroces indiscrétions », écrit François Mauriac dans *Le Figaro littéraire*. Entre *Les Châtiments* et *Les Contemplations*, le romantique se rue sur les chambrières. Guillemin le suit dans toutes les alcôves, sans hargne, avec un sourire complaisant. Il aime sincèrement Hugo. Il est fait pour le comprendre, qui sait ? Il se doute peut-être à peine qu'il le salit, épagneul trop affectueux qui saute sur son maître au retour de la chasse. Sa phrase est souple, mordante. Il sait faire vivre une histoire, des personnages, et s'il avait assez de cœur pour les inventer, il ferait un honnête romancier. Le livre a du succès. Le scandale paie. Guillemin s'enhardit. Décidément, rien ne vaut l'inédit. Pourquoi approfondir une œuvre, pourquoi chercher à renouveler la critique ? Il entre dans l'histoire avec l'âcre désinvolture d'un reporter de *Confidential*. Justement, il vient de déterrer l'os à moelle : il a de quoi déshonorer « l'homme de l'honneur » : *Monsieur de Vigny, l'homme d'ordre et poète* paraît en 1955.

Vigny ne court pas les femmes de chambre. Il se contente d'aimer une jeune Américaine, Guillemin juge cet amour coupable. Pire, Vigny est un délateur. Il dénonce un complot tramé par des soldats contre Napoléon III. Pire encore, il est vénal. On l'a payé. Vigny trouve aussitôt des défenseurs. Émile Henriot rappelle que les archives de la police impériale ont brûlé en 1870 ; il n'y a pas de preuves. M. Baldensperger, spécialiste de Vigny, proteste : l'auteur du *Mont des Oliviers* n'était pas un Judas. Il aimait l'ordre. Il était l'ami de l'empereur. Pourquoi l'aurait-il laissé assassiner sans rien dire ? Il n'a sûrement pas touché d'argent.

Dans *Le Figaro littéraire*, Henri Guillemin contre-attaque. « Verlaine peut avoir été hideux, écrit-il. C'était tout de même un être pur. Vigny peut avoir écrit quelques très beaux vers, c'était tout de même un être petit et rance. » Pourquoi ? « La vérité, ajoute-t-il en se donnant l'illusion du courage, c'est que j'ai touché à un tabou. Les Henri Heine, les Verlaine, les Rimbaud, peu importe ce qu'on apprend sur leur compte. Avec eux, petites gens, tout est permis, et bon, et juste. Mais M. de Vigny est "du monde". M. de Vigny avait des terres. M. de Vigny a droit à des égards. » On croirait entendre le pauvre Bitos. D'où vous vient, Henri Guillemin, ce mélange de dédain et d'envie, ces cris d'orgueil blessé ? Les morts que vous écorchez ne se défendent pas : pourquoi reste-t-il toujours, auprès de leurs corps meurtris, un peu de votre sang mêlé au leur ? Quelle est cette plaie qui ne se ferme jamais ?

L'aristocratie, la fortune de Vigny l'irritent. S'il avait pu jeter sur l'auteur des *Destinées* un plus tendre regard, il eût été ébloui par sa profonde, son adorable pauvreté. Sa pauvreté d'homme seul. D'homme malade et maladroit. D'homme trahi. Ce qu'Henri Guillemin n'a pu tolérer, au fond, c'est moins la noblesse d'argent que la noblesse de cœur. On dirait que la fierté de Vigny, son mépris, lui sont des insultes personnelles. Le plus étrange est qu'il ait créé, pour mieux le détruire, un Vigny qui lui ressemble : le policier des Lettres dénonce le « policier de l'Empereur ».

Aujourd'hui, voilà Benjamin Constant barbouillé, défiguré à son tour. C'est un muscadin, un arriviste, un menteur, un hypocrite. S'il est libéral, c'est pour profiter de ses biens mal acquis. Maître dans l'art de couper les citations au bon endroit, Guillemin prouve tout. Il répète par exemple cette phrase de Constant : « La Constitution de 1795 était pour moi un rempart contre les partisans de l'Ancien Régime... », et il commente aussitôt : « le rempart dont avaient besoin les acquéreurs de biens nationaux ». Truquage adroit, qui indignerait un historien honnête. Dans l'interview qu'il nous a accordée, M. Jean Mistler montre d'ailleurs la sincérité et la permanence du libéralisme chez Constant.

Certes, Benjamin aimait le jeu, les femmes, la fortune. Il fit un mariage d'argent. Pourquoi ces « vices » inquiètent-ils tant Henri Guillemin ? Pourquoi ne dessine-t-il que les ombres ? La valeur historique de son livre en souffre. Mauriac l'avait prévu : Benjamin Constant va être « livré sans défense à un esprit aussi clair et aussi simple que celui de Guillemin, et aussi pesamment armé, et aussi incapable de comprendre… (on pourrait arrêter la citation ici, "façon Guillemin") […] donc l'absoudre, cette bassesse lucide, cette faiblesse qui donne le change à soi-même et au monde ».

Benjamin Constant muscadin n'apprend rien sur *Adolphe* ou *Cécile*. L'histoire littéraire, telle qu'Henri Guillemin la conçoit, n'a plus cours. Deux tendances nouvelles se la disputent aujourd'hui : l'objectivité, l'exigence raffinée de l'historien, avec Jean Pommier ; la recherche purement stylistique, avec Nadal et Blin. À cet égard, Henri Guillemin est en marge, en retard, en Suisse. Il tombe dans les pièges que Lanson a évités.

Sa critique historique est aussi désuète que sa critique littéraire ; elle est aussi hargneuse, aussi caricaturale. Peu d'étudiants en histoire oseraient s'en recommander dans leur diplôme. Elle aurait fait rire Madelin, comme elle fait rire les historiens marxistes. Dans *Le Coup du deux-décembre* et *Cette curieuse guerre de 70*, Henri Guillemin se borne à faire le récit d'un complot. Une demi-douzaine d'hommes conspirent pour renverser la

République ou pour trahir la France. Et, à eux six, ces trublions installent l'Empire. À eux six, ils perdent la guerre. À notre époque, cette absence d'arrière-plan social, économique et idéologique est frappante. Dans *Le Coup du deux-décembre* il ne parle presque jamais du monde ouvrier ni du monde paysan – sauf pour rappeler que les conspirateurs les méprisent, et les assurer rétrospectivement de sa compassion. Il méconnaît précisément qu'ouvriers et paysans étaient en majorité favorables à l'Empire. En 1870, sans Thiers, Trochu et Bazaine, nous aurions refoulé les Allemands en Pologne. C'est pure méchanceté de leur part. Quant à l'armée prussienne, bien supérieure à la nôtre, Guillemin semble ignorer son existence. Comme Victor Hugo, il « souffle dessus ».

Henri Guillemin a jeté sur l'Histoire le regard que poserait sur Paris, le jour de son arrivée, un provincial ambitieux. Tout se passe dans les salons. Tous les salons sont mal fréquentés. Les Puissants sont méchants. Ils n'aiment pas le peuple. Ils vont à la messe, mais ils ne croient pas en Dieu. Ils chantent *La Marseillaise* – mais faux. À l'occasion, ils caressent les petites filles. Les Bons, heureusement, les surveillent. Ils sont gaillards, simples et patriotes. Mine de rien, ils veulent le bonheur de tous.

D'une voix confidentielle, voluptueuse, Henri Guillemin décrit leurs luttes d'enfer ; c'est l'Histoire chuchotée entre deux portes, entre deux lèvres prudes et glacées ; c'est l'Histoire de France racontée aux chaisières.

Il ne faut pas condamner Henri Guillemin. Comme tous les êtres contradictoires, c'est un être malheureux. Que de remords, sans doute, chez ce naïf qui ruse, cet humilié qui humilie, ce catholique qui damne ! Quels réveils il a dû avoir, certains dimanches blancs de printemps, quand les églises sonnent, et que l'enfance resurgit tout à coup, avec les phrases douces et terribles de l'Évangile : « Malheur à celui par qui le scandale arrive ! » « Je n'ai pas l'art encore, je l'avoue, de considérer en souriant l'imposture. » Certes, quand elle dresse en face de lui sa propre image, il ne doit pas avoir envie de sourire, non ! C'est là qu'il peut nous émouvoir. Dans cette soif, pour autrui, d'une justice qu'il n'a pas le courage de se rendre à soi-même.

Mais il doit savoir se rassurer : il a le rôle cruel du justicier, il faut le jouer jusqu'au bout ; il est marqué du signe de Zorro, ce n'est pas sa faute. À force de jouer la passion, il est presque convaincu qu'il l'éprouve. Et il nomme, peut-être sincèrement, « réflexes viscéraux » les calculs d'une pauvre tête froide, d'un cerveau glacé comme l'envie. Et puis, avouons-le, toute cette boue réconforte. Quel petit homme ne s'est senti réchauffé par les vices des grands ? Les forts croient naïvement donner l'exemple. Ils n'imaginent jamais que ce sont leurs faux pas, leurs erreurs, leurs faiblesses qui rendent l'espoir aux médiocres et achèvent de les perdre.

III

LE NOUVEAU ROMAN

Que veut le Nouveau Roman ?

« Il est clair que le monde dans lequel nous vivons se transforme avec une grande rapidité. Les techniques traditionnelles du récit sont incapables d'intégrer tous les nouveaux rapports ainsi survenus. » Michel Butor, qui cherchait, dans un de ses beaux livres, *Le Génie du lieu*, a trouvé dans cette déclaration de *Répertoire* le génie du lieu commun. Cela n'est pas une boutade : personne n'a exprimé avec autant de clarté les signes de cette fameuse « crise du roman moderne » : l'inadaptation, le retard, l'incomplétude de la technique romanesque face à la réalité qu'elle prétend décrire. Certains, en revanche, l'ont éprouvé à leurs dépens : c'est en vain que Jules Romains lance le fils de Jerphanion sur les traces de son père. La Comédie humaine n'est plus possible au XXe siècle, quand les sociétés, leurs régimes, leurs goûts, se transforment tous les dix ans. Le romancier de 1920 et son héros ne peuvent plus, quelle que soit leur bonne volonté, s'adapter au monde de 1960.

Ce monde moderne a peut-être trouvé son expression littéraire dans le « Nouveau Roman ». Mais « qui » est le Nouveau Roman ? Le quintette Sarraute – Butor – Robbe-Grillet – Simon – Duras est, après tout, bien hétéroclite. L'art de Nathalie Sarraute tient à ses extraordinaires analyses psychologiques des « états seconds », alors que celui de Robbe-Grillet – qui se définit plutôt par ce qu'il refuse – prive volontairement ses personnages de toute existence psychologique. Michel Butor décrit le monde extérieur tel quel, avec la plus objective précision, et il trouve là une certaine « méthode », alors que Claude Simon le transforme, le colore, en tire des « effets ». Il ne s'agit donc pas réellement d'une école avec ses principes, ses interdits, son esthétique, mais plutôt de préoccupations communes, profondes et spécifiquement modernes, que chacun de ces romanciers exprime à sa manière ; ce sont quatre aspects fondamentaux de notre civilisation : la technique, le matérialisme, la standardisation, l'obsession du temps.

C'est une des tendances les plus frappantes du monde moderne que d'apporter à des problèmes humains des solutions techniques. Les Américains ont confié à des machines électroniques le soin de trancher la question japonaise ou de décider de leur intervention à Suez. La psychiatrie devient de plus en plus tributaire de la chimie. La technique électorale se complique. Une enquête du journal *Arts* auprès de la jeunesse, il y a trois ans, a montré que les « jeunes » donnaient aux questions politiques ou sentimentales des réponses pratiques : le mariage, à leurs yeux, impliquait moins l'amour qu'une sorte « d'entente cordiale », favorisée par un certain bien-être matériel. (« Le mari doit avoir une situation » : 70 %. « Il faut d'abord trouver un logement » : 80 %.)

La technique, aujourd'hui anoblie, vénérée, élevée jusqu'au terme barbare de « technicité », a envahi le Nouveau Roman. Elle en est devenue la muse. Ce n'est pas l'histoire qu'ils ont choisie qui inspire A. Robbe-Grillet et Michel Butor, c'est la façon dont ils la racontent. Ils pourraient dire, après Flaubert « qu'au fond il n'y a pas de sujet, le style étant en soi une manière absolue de voir les choses ». Chez Robbe-Grillet, la technique prend le visage idéal et austère de la géométrie ; l'intrigue de la jalousie repose sur ce petit fait précis : l'angle que forme – selon les heures – l'ombre d'un pilier d'une maison coloniale. Chez Michel Butor, la technique se déguise en rythme, en musique ; dans *La Modification*, le rejet de certaines phrases à la ligne, après une virgule, évoque la respiration infatigable et puissante de certains allegros des quatuors de Beethoven. Quant à Claude Simon, il perfectionne des inventions diverses, telles que l'absence de ponctuation ou le mot inachevé : « vous av... », « qu'est-ce que l'... », le dialogue sans tiret, ou le participe présent généralisé.

Ces recherches techniques, dans le Nouveau Roman, sont généralement au service de l'objet, de la réalité matérielle. Il s'agit moins de créer chez le lecteur des états d'âme que des « états de sens » ; peu importe de le faire sourire ou pleurer : il faut lui faire voir et sentir. Ces romanciers d'une civilisation matérialiste se défient des idées, des sentiments ou des passions. Si, dans les romans de Nathalie Sarraute, de Michel Butor ou de Marguerite Duras, le héros s'altère peu à peu et s'approfondit – comme dans les romans classiques –, ce n'est plus au contact des autres personnages, ni sous l'influence d'une intrigue. Adolphe dévoré par l'amour ou Julien Sorel transfiguré par celui qu'il éprouve n'existent plus. Ce sont des sensations confuses, presque toutes physiques, ou au moins psychophysiques, qui permettent à Martereau (Nathalie Sarraute) ou au héros de *L'Emploi du temps* (Michel Butor) de se découvrir, de prendre conscience d'eux-mêmes. Dans le Nouveau Roman, l'état d'âme est devenu un paysage, un paysage physique, réductible à une description minutieuse et presque scientifique. Ainsi est-il dit dans *Martereau* :

« On éprouve ce même soulagement quand, après des malaises, des symptômes peu nets, inquiétants, soudain la grosse fièvre se déclenche, l'éruption apparaît », et encore dans *Moderato Cantabile*, de Marguerite Duras : « Le feu nourrit son ventre de sorcière... ses seins si lourds de chaque côté de cette fleur si lourde se ressentent de sa maigreur nouvelle et lui font mal... Elle retourne à l'éclatement silencieux de ses reins, à leur brûlante douleur, à son repaire. »

On trouve un autre exemple dans *La Modification*, de Michel Butor : « Vos yeux sont mal ouverts, comme voilés de fumée légère, vos paupières sensibles et mal lubrifiées, vos tempes crispées, à la peau tendre et comme raidie en plis minces, vos cheveux... sont un peu hérissés et tout votre corps à l'intérieur de vos habits qui le gênent, le serrent et lui pèsent, est comme baigné, dans son réveil imparfait, d'une eau agitée et gazeuse pleine d'animalcules en suspension. »

Presque tous les personnages du Nouveau Roman évoluent ainsi dans un monde matérialiste objectivement – ou plutôt, selon l'invention d'Alain Robbe-Grillet, « objectalement » décrit. Sauf chez Nathalie Sarraute, les mots qui expriment un sentiment, ou un état purement psychologique, sont presque toujours proscrits. Il faut éviter toute allusion à ce qui fut appelé l'âme, puisque l'âme ne se touche pas, ne se voit pas, ne saurait se décrire.

Mais c'était précisément « l'âme » qui donnait aux héros des romans classiques leur irremplaçable personnalité : René ou la Mélancolie, Rastignac ou l'Ambition, Madame Bovary ou l'Ennui, il s'agit toujours de caractères, d'âmes singulières – et qui nous donnent l'illusion de trouver, dans leur singularité, comme une consolation à leur souffrance. Dans le Nouveau Roman, il s'agit moins de personnages au sens traditionnel du terme, que d'êtres humains, trop humains peut-être : presque interchangeables. Comme dans les Monoprix, les Prisunics, les Uniprix, le nombre des modèles différents se raréfient, on recherche une sorte d'exemplaire type, de héros standard, dans lequel tous les lecteurs puissent se reconnaître – ou plutôt qu'ils puissent habiter, ultime conséquence, qui est un peu le sacrifice de la littérature : le voyeur, et plus encore le soldat de *Dans le labyrinthe* n'ont même plus de réalité physique ; l'auteur ne décrit ni leurs vêtements ni leur visage – car les vêtements, les visages sont encore des éléments variables, qui individualisent le personnage. Ce ne sont plus que des êtres vivants qui évoluent dans l'espace et le temps.

Le temps ! Voilà la grande obsession, « l'unique objet », le véritable dénominateur commun. Nous sommes tous des êtres temporels. Parler du temps c'est parler de tous. Cette obsession du temps est évidemment une caractéristique du monde moderne. L'histoire s'accélère ; les inventions techniques visent pour la plupart à battre des records de vitesse ; dans les usines, on normalise, on « taylorise », on chronomètre. Il y a toujours eu des coureurs à pied, et particulièrement dans la Grèce antique, mais c'est au XXᵉ siècle seulement que l'on a songé à prendre leur « temps ». S'il n'y a guère de personnages, dans le nouveau roman, c'est qu'il n'y a plus qu'un seul personnage : le temps : « Comme ces minutes étaient lentes à passer » (Michel Butor, *L'Emploi du temps*).

« Que de temps s'est écoulé depuis lors, et pourtant cela fait seulement un peu plus de huit jours maintenant... c'est tout le temps antérieur depuis des années qui s'était accumulé, qui tenait en équilibre comme un grand pan de briques, et qui s'est mis à basculer soudain au cours de ce voyage, et qui continue, qui va continuer son mouvement impitoyablement jusqu'à demain matin avant l'aube... » (Michel Butor, *La Modification*).

« [...] mais il faudrait encore du temps, un peu de temps, quelques minutes, quelques secondes, et il est déjà maintenant trop tard » (Robbe-Grillet, *Dans le labyrinthe*).

Le temps, entré avec Proust dans le roman, risque aujourd'hui de le dévorer. Mais peut-être les héritiers du Nouveau Roman découvriront-ils, au-delà du temps, une question encore plus simple, encore plus capitale : qu'est-ce que vivre ? Ils seront alors contraints de rendre à la matière romanesque le poids, la douceur perdue des passions, et à douer leurs personnages de ce cœur que leurs aînés auront feint d'ignorer. Nous découvrirons de nouveau des héros vivants, complets, qui, tel Hamlet, nous résistent, ne nous rappellent personne, et pourtant nous parlent de nous. Car c'est au fond dans le personnage le plus singulier, le plus mystérieux, le plus différent du nôtre que nous nous retrouvons le mieux.

Une mode qui passe

Le Nouveau Roman ne manque pas de défenseurs, ni de disciples. C'est même un plaisir de voir avec quelle bonne volonté, avec quelle émulation de gâte-sauce certains jeunes écrivains – Ricardou, Thibaudeau – imitent la technique d'Alain Robbe-Grillet comme s'ils appliquaient la recette du veau Marengo. D'autres, plus âgés – tel Marc Saporta –, s'empressent de se rallier, sous le prétexte désinvolte d'une « tentative de synthèse » ; en fait, on sent bien qu'ils n'ont qu'un seul regret : ne pas avoir connu plus tôt l'École du Regard.

Mais il s'agit là de spécialistes, de lecteurs à la page ou d'auteurs qui se croient « dans la course ». Pour les humbles, pour les timides, pour les petits épargnants de la littérature, le Nouveau Roman reste une valeur peu sûre. C'est pourquoi Alain Robbe-Grillet vient de faire paraître, dans la *Revue de Paris*, une sorte de prospectus publicitaire destiné à rassurer les petites gens.

« Le Nouveau Roman ne fait que poursuivre une évolution constante du genre romanesque. » « Le Nouveau Roman ne s'intéresse qu'à l'homme et à sa situation dans le monde. » « Le Nouveau Roman ne vise qu'à une subjectivité totale. » Si les critiques l'ont jugé froid, impartial, inhumain, c'est par erreur bien entendu, quand ce n'est pas par méchanceté pure. Ils prennent tout au pied de la lettre et méconnaissent les bonnes intentions des auteurs, comme celle – si attendrissante, si louable – d'« avancer plus loin » que « ce qui était hier ».

Après avoir réfuté, à grands coups d'affirmations isolées et gratuites, les lâches accusations portées contre un parti si honnête, Alain Robbe-Grillet se tourne vers les humbles. Il les adjure « de ne plus se boucher les yeux » *(sic)*. De bien vouloir se reconnaître dans les héros de ses livres, des gens « comme vous et moi ». Et il ajoute, non sans malice : « Le Nouveau Roman s'adresse à tous les hommes de bonne foi. » Pourquoi ? L'auteur abandonne ici la propagande électorale pour les arguments plus directs du fakir de foire : « Car il s'agit d'expérience vécue. » Oui, mesdames, messieurs, c'est un homme comme vous et moi, honnête et simple, un malheureux « englué dans ses passions », qui a vécu pour vous ces expériences inouïes, sans truquage et sans filet. Achetez les récits de ses aventures. Ils « sont écrits avec les mots, les phrases de tout le monde, de tous les jours », poursuit Robbe-Grillet déchaîné, le col ouvert, devant les badauds qui s'attroupent. « Ils ne présentent aucune difficulté particulière de lecture pour ceux qui ne cherchent pas à coller dessus une grille d'interprétation périmée, qui n'est plus bonne déjà depuis près de cinquante ans », précise-t-il. L'argument lui paraissant bon, et même flatteur pour certains, il ajoute d'un air rusé et doucereux : « On peut même se demander si une certaine culture littéraire justement ne nuit pas à leur compréhension. » La foule, rassurée et ravie, commence d'entrer pour voir travailler l'artiste. Alors, pour gagner ceux qui hésitent encore, les tourmentés, les scrupuleux, Alain Robbe-Grillet lance son argument massue : le Nouveau Roman sert « la cause de la liberté ». Comment ? par « le contenu douteux d'un obscur projet de forme ». Nous voilà conquis : il faut refuser des entrées.

Sérieusement, que signifie ce charabia ? Alain Robbe-Grillet a écrit des romans qui peuvent déplaire, mais dont l'originalité mérite au moins d'inquiéter. Il a surtout réalisé, avec Alain Resnais, un film d'une tendre et rigoureuse beauté : *L'Année dernière à Marienbad*, le *Tristan et Iseult* du cinéma. Tout y est si mesuré, si juste ! Mais le problème du Nouveau Roman réveille en lui une fougue maladroite de commis voyageur, une ardeur polémique de vendeur au déballage. « Avant l'œuvre il n'y a rien, pas de certitude, pas de thèse, pas de message. Croire que le romancier a quelque chose à dire et qu'il cherche ensuite comment le dire représente le plus grave des contresens. » C'est bien compris ? Que tous les romanciers en fassent désormais leur profit. Dommage pour Proust, pour Flaubert, pour Dostoïevski, qui ont eu le malheur de naître avant Alain Robbe-Grillet et de méconnaître ce credo naïf, cette image faite du romancier formaliste, qui ne se préoccupe que du temps de ses verbes et du rythme de ses phrases. Ils avaient – les maladroits – la prétention de dire quelque chose, d'exprimer leur souffrance, ou leur ennui, ou leur angoisse. Ils existaient avant d'écrire. Mais auraient-ils éprouvé le besoin d'écrire s'ils n'avaient connu la douleur d'exister ? Le télégramme qui apprend à Proust la mort d'Albertine, la dernière rencontre de Frédéric et de Mme Arnoux ne sont-ils que « le contenu douteux d'un obscur projet de forme » ?

Il est aussi absurde de partir en guerre contre la « littérature de message » que de la défendre. Tout simplement, il existe un moment où l'obsession d'une douleur fixe, l'insistance d'un sentiment, d'une idée poignante, rétive, autonome, logée en soi comme un corps étranger, devient insupportable : il faut s'en délivrer – pour s'en guérir peut-être. Le style, la technique, le « comment » d'un écrivain tiennent à la nature, aux qualités de sa plainte. Il les cherche non pour eux-mêmes, mais comme une issue vitale. On ne saurait concevoir d'expression qui précède le besoin d'expression. Et cet « obscur projet de forme » qu'Alain Robbe-Grillet prend pour un artifice technique, une hypothèse de laboratoire, n'est jamais que le désir insensé de se faire comprendre.

Il vaut décidément mieux, cher Alain Robbe-Grillet, ne plus vous risquer à ces grands manifestes théoriques où André Breton, dont les raisonnements avaient une autre vigueur, un autre style, une autre force que les vôtres, s'est peu à peu enlisé. Il y a deux ans, je crois, dans la *NRF*, vous avez déjà levé vers le ciel de la métaphysique une épée de carton bouilli dont les morceaux sont finalement retombés sur les visages consternés de vos plus sérieux défenseurs. Aujourd'hui, vous servez aux lecteurs de la *Revue de Paris* de grossières et prétentieuses couleuvres qu'ils ne sauraient avoir la bonne grâce d'avaler. Le public a beau parfois lire vos romans, il est plus fin que vous ne semblez l'imaginer. Je n'en veux qu'une seule preuve : il aimera de tout son cœur *L'Année dernière à Marienbad.*

IV

UNE AUTRE JEUNESSE

La plage était déserte

On remarqua sa voiture blanche. Le vent mêlait ses cheveux et le soleil, qu'il recevait de face, semblait le forcer à sourire. Il déplut à ceux qui le virent parce qu'il roulait trop vite, indifférent, lumineux, pareil à ces étrangers qui, quelques semaines auparavant, durant les vacances, traversaient le village sans le voir, pressés de gagner une station plus connue, plus luxueuse, avec l'air d'y être attendus déjà par quelque bonheur.

Au carrefour, il freina. Il prit la route du port. Trois pêcheurs qui réparaient leurs filets sur la jetée le virent descendre et s'avancer vers eux d'un pas si pressé, si précis, qu'ils se redressèrent et l'attendirent. Mais il ne parut pas les voir. Il gagna très vite le bout de la jetée, se hissa sur le petit mur rond qui la surplombait et s'y étendit, le menton dans les paumes. Ses lèvres, à plusieurs reprises, remuèrent. Que regardait-il ? À qui parlait-il ? Il n'avait devant lui que la mer.

La mer, quelque temps, fut bleue ; non plus de ce bleu glacé de l'été, mais d'un bleu tiède et mourant qui avait, comme le clapotis de l'eau contre la jetée, la lente oscillation des barques, une sorte de douceur féroce. Puis une brume s'étendit, parut dissoudre le soleil dont

la lumière devint sourde, épandue, impossible à locali-
ser. L'air se mit à trembler. Il semblait que l'on regardât
le ciel à travers des larmes.

Il se leva, revint sur ses pas, suivit le chemin des
douaniers et descendit sur la plage. Ses mouvements,
maintenant, étaient d'une lenteur silencieuse et marine.
Son clair visage ne souriait pas, n'exprimait qu'une
attention intense et vague, immédiatement satisfaite,
comme si chacun de ses regards lui révélait ce qu'il
cherchait. La plage était déserte. Pourtant il en fixa
plusieurs points précis : là où, durant les vacances, se
balançaient les anneaux de portique ; là où, durant les
vacances, brillait la petite voiture blanche de la mar-
chande de glaces. Au pied des rochers une barque
retournée, la quille maculée de goudron, attendait le
lointain été. Les cabines de bains, serrées, fermées,
muettes, paraissaient regarder à l'horizon, de leur œil
losangé, l'hiver venir. Il aperçut, à demi enfoui, un de
ces petits moules rouges avec lesquels les enfants font
des coquillages de sable. Il le ramassa, le serra entre ses
mains jointes et le reposa avec une tendre précaution.

Enfin il gagna les rochers de Penvert, où il s'assit.
Des enfants, qui jouaient à chercher quelque trésor dans
les grottes, racontèrent qu'il était resté plus d'une heure
immobile, le regard figé à l'horizon, comme s'il y sui-
vait quelque invisible régate. Puis il avait trouvé dans
une poche un objet blanc – un morceau de tissu, une
photographie, ou un papier ? – qu'il avait tenu longtemps à bout de bras, peut-être pour qu'il se découpât
sur la mer.

Vers une heure, il revint déjeuner à l'hôtel des Sables
Blancs. La marée basse avait déshabillé les barques.

Elles gisaient sur le côté dans le désert du port, montrant leurs flancs colorés, leurs étraves blanches ou noires. Entre des pierres moussues, un vieux tonneau rouillé, un soulier, des boîtes de fer, les mouettes se promenaient ou allaient s'aligner un peu plus loin, au bord des eaux, où elles paraissaient regarder le théâtre de la mer. Parfois l'une d'elles s'envolait, tournait trois fois, le jabot gonflé, l'œil tendu et stupide, et redescendait en planant, n'agitant les ailes qu'au dernier moment, pour se freiner avant d'atterrir.

Le patron vint le voir au dessert et se montra fort empressé. Il répondit avec autant d'amabilité que d'incohérence : l'air de la mer, disait-il, ouvrait terriblement l'appétit, et il avait savouré ces plats auxquels il n'avait pourtant presque pas touché. À peine avait-il gobé deux palourdes ; le garçon avait remporté les étrilles ; il avait refusé les moules marinières et chipoté sur le grondin.

Dans l'après-midi, une petite pluie très fine se mit à tomber ; on ne pouvait en distinguer les gouttes que si l'on regardait les pins. La mer grise et le ciel gris se confondaient à l'horizon aboli. Il se rendit sur les falaises de Saint-Glat, et une vieille femme qui ramassait du goémon le vit descendre le long des rochers abrupts, jusqu'à une grotte où, sans craindre de salir son costume, il s'étendit.

Il était étendu sur un rocher plat, à l'entrée de la grotte, laissant la mer monter, les yeux fermés. Rien ne l'avertissait de la présence de l'eau que son odeur, et le bruit monotone du ressac. Sa main, d'un mouvement régulier qui semblait suivre celui des vagues, caressait une petite touffe de lichen vert pâle que la marée haute, bientôt, recouvrirait. Il sentait parfois sous ses doigts le cône dur et strié de quelque coquillage incrusté dans le roc, et dont la forme rappelait celle d'un chapeau oriental. Pareille à un animal retenu, dont la bride est trop courte, la mer n'éclatait pas sur les rochers ; arrêtée avant d'avoir eu le temps de former ses vagues, elle gonflait et abaissait, à la verticale, ses eaux prisonnières. À son bruit lent et régulier, il pouvait deviner qu'elle n'avait point d'écume. Puis ce mouvement lui-même s'apaisa, le vent, les lames, les couleurs de la mer s'évanouirent, et du même coup l'odeur du goémon devint plus profonde : il sut que le soir tombait.

Le soir tombait, un soir de plus tombait sur l'océan, sur la lande, sur la plage abandonnée, sur la jetée où, durant les vacances, des jeunes filles qui se donnaient le bras venaient flâner dans le soir, sur les hôtels vides et les villes fermées, sur la falaise enfin, cette falaise où, durant les vacances, des couples parfois venaient écouter descendre la nuit.

Un frisson le saisit, il se leva, pressa des deux mains sa figure mouillée. Une mouette passa, que la brume ensevelit presque aussitôt. Il avait cessé de la voir lorsqu'elle cria ; et au même instant, derrière lui, la fenêtre d'une ferme proche de la falaise s'éclaira – et cette lumière jaillie des fougères parut décider, à elle seule, que c'était l'hiver.

Il remonta sur la falaise. Ses jambes tremblaient. Lorsqu'il atteignit le sommet, il se retourna vers l'océan silencieux. Là, durant les vacances – là, le mois dernier encore, il y avait des baigneurs, des voiles, des cris. Et ces baigneurs, ces voiles et ces cris reviendraient l'année prochaine, et chaque été des années à venir, et chaque année des siècles prochains ils répéteraient sans lui son propre été. Son visage se crispa, il leva un poing comme pour maudire la mer ; puis il se baissa, saisit une pierre, la porta à ses lèvres et la jeta dans l'eau.

Il revint vers le port ; lorsqu'il passa devant la ferme un chien aboya ; dans les rues du village, les volets se fermaient. La serveuse du restaurant où il avait déjeuné le vit monter dans sa voiture et regarda par la fenêtre le feu rouge qu'éteignit le tournant de la route. Puis, immobile, le visage penché dans l'air humide, elle fixa longtemps le feu du chenal, l'unique lumière du village, dont le reflet tremblait sur la mer. La mer, dans la nuit, était calme. Le bruit de la mer était doux. Elle écoutait régner la mer.

Bénie entre toutes les femmes

La femme, c'est la chute ; la femme, c'est le salut. Ève a donné à l'homme son enfer ; la Vierge lui a donné son Sauveur. Celle-là est venue le racheter, après que celle-ci l'eut perdu. En chaque femme ces deux visages se succèdent, se recouvrent tour à tour au gré de la grâce. Celle en qui nous avons cru reconnaître l'instrument de toutes les voluptés et de toutes les corruptions est aussi celle qui intercède pour nous, la seule qui puisse nous obtenir un peu de cette lumière que nous devons à l'amour. Elle-même s'effraie de son mystère : « Elle a plus d'angoisse que l'homme », disait Kierkegaard. Fontaine miraculeuse, elle peut aussi bien répandre le poison que la grâce, mais elle n'en est jamais ni la victime ni la bénéficiaire : ce qu'elle détient la dépasse ; ce qu'elle donne lui échappe ; elle ne règne pas sur ce qu'elle possède. De génération en génération, elle est l'intermédiaire innocent et irremplaçable par lequel les hommes communiquent avec les hommes, avec le Temps, avec le Mal, avec Dieu...

... Dieu dont elle est la dépositaire symbolique, émerveillée, et douloureuse. Elle a été choisie pour donner la vie, mais cette gloire n'appartient qu'à sa chair. À peine né, le fruit de son corps est aussitôt le maître de son âme, cette âme que l'Église ne lui a accordée, lors d'un Concile célèbre, qu'à une voix de majorité.

La destinée de la Vierge se prolonge à travers celle de toutes les femmes : se résigner, se soumettre. « Oui » est le mot de l'amour. Comme elle a accepté la mystérieuse naissance du Fils, Marie doit se résoudre à Sa mort. Sans doute, elle eût préféré moins de gloire, qu'elle eût payée de moins de larmes. Elle ignorait, corps pur doucement ployé par la douleur sur le bras crispé de saint Jean, que le Sacrifice suprême, parfois, fût de survivre.

Pourquoi les vierges des chansons de geste avaient-elles le droit de grâce ? Pourquoi fallait-il que les prophétesses de Germanie fussent vierges ? D'où Antigone, Iphigénie, Béatrix, la Princesse du Tasse et la Pucelle d'Orléans tenaient-elles leur pouvoir miraculeux et salvateur ? Car la virginité semble n'être qu'un état contingent, négatif, un obstacle à la vie, un luxe inutile…

La virginité, pourtant, est aussi le don absolu de soi. En s'abandonnant aux desseins de Dieu, Marie symbolise l'offrande que tout être pur fait de son corps – et de la vie qu'il pourrait donner – à une valeur encore plus précieuse : celle de la personne humaine. C'est pourquoi, dans toutes les civilisations fondées sur l'Esprit, la vierge possède un tel prestige : elle témoigne qu'un seul être est une fin en soi, qu'une seule existence a son propre prix.

Pour l'enfant, la mère se confond avec la Vierge. On n'imagine pas sa mère amoureuse : elle n'a pas de corps. Il paraît naturel au fils qu'elle ait renoncé à sa propre vie, qu'elle ne soit plus qu'un vaste cœur dévoué, habitable, sur lequel il fait peser, dieu chétif, le joug de sa faiblesse. Elle s'y soumet, elle retrouve sa pureté première à travers cette tendresse nouvelle...

... Tendresse solitaire qui ne réclame pas d'être partagée ni récompensée ni même reconnue : amour soumis d'avance à l'infidélité du fils, amour... résigné à s'effacer quand le jour sera venu d'ouvrir la porte et de le regarder partir.

L'instinct maternel, chez l'animal, s'arrête à sa progéniture. La mère d'un homme, au contraire, pour accomplir sa vocation, se doit d'être la mère de tous les hommes. Elle a la charge de tous ceux qui réclament quelque miséricorde.

Les Noces de Marie et de Joseph, ces noces blanches qui ne seront jamais consommées, rappellent aux époux des générations à venir que l'union de leurs corps n'est que le doux prolongement, le reflet matérialisé de leur accord spirituel. Déjà selon la Cabale l'homme ne saurait s'accomplir tant qu'il n'a pas retrouvé chez un être de l'autre sexe cette part détachée de lui-même après laquelle son cœur de mutilé soupire. « Je sais maintenant qui je suis », dit Hölderlin à Diotima, tandis que lui apparaît, sur le visage de cette femme qu'il aime, « le Dieu qui l'inspire ». Mystérieuse fécondité, amour dont les fruits sont des chants, des poèmes.

Marie, avec son visage incliné comme les fleurs et baigné dans sa propre lumière, incarne la virginité mystérieuse que l'épouse conserve après l'union charnelle. Pour celui qui l'aime, une femme est toujours vierge.

Comme Antiochus qui croit chaque jour voir Bérénice « pour la première fois », c'est toujours la première étreinte que l'amant renouvelle, c'est toujours au premier mystère qu'il s'initie à chaque étreinte. La fidélité n'est pas un exercice de la volonté, mais un continuel renouvellement du premier choix. Noces d'argent, noces d'or, chaque jour de la vie conjugale est un jour où les noces recommencent, un jour où les époux célèbrent la naissance de l'amour – du divin amour humain.

Aimer la vie, vivre l'amour

L'exode, au début, me plut. J'avais quatre ans, il faisait beau, c'était mon premier pique-nique. Je n'avais pas peur des Allemands ; malheureusement, j'eus bientôt peur des Français. Cette horde noire, fuyant sous le soleil, enfants, grandes personnes, animaux, meubles et casseroles pêle-mêle, ces visages que l'angoisse rendait malveillants, ce peuple entier marqué d'un signe de folie, de malédiction, me semblait plus redoutable que l'adversaire invisible qui le poussait devant lui.

Cinq ans plus tard, un jour de mai, toutes les cloches sonnèrent ; il n'y avait pas assez de lèvres pour les chansons ni de balcons pour les drapeaux. Le même peuple fêtait sa « victoire ». Après la terreur collective, je découvrais le mensonge collectif.

Ma génération est issue de ce désordre. Cette guerre que nous n'avons pas faite nous a laissé des blessures dont nous n'avons pas guéri. Enfants de vaincus, nous fûmes d'abord blessés dans notre orgueil. Nous voyions nos aînés, nos maîtres prendre sagement les rangs et faire la queue, mentir, écouter la radio en cachette, se suspecter, se dénoncer : les grandes personnes vénérables auxquelles nous devions obéir, c'étaient ces écoliers punis. Les valeurs qu'ils nous enseignaient avaient des tiroirs à double fond. On nous apprenait à croire aux mots que l'on nous défendait de dire. La Vérité, l'Erreur, le Bien et le Mal jouaient aux quatre coins. L'histoire était prête à changer de sens. Il n'y avait guère que les bouchées qui ne fussent pas doubles.

Aujourd'hui, nous ne parlons plus de la guerre, mais nous n'avons rien oublié. Au fond de notre cœur, tous les premiers jeudis du mois, vers midi, une petite bête affolée se réveille au chant des sirènes, et un instant nous attendons presque le sifflement de la première bombe. Et ce qui nous a marqués, au fond, ce n'est pas tant d'avoir fait si jeunes l'expérience de la peur, de l'humiliation, de la souffrance, mais plutôt d'avoir éprouvé que nos maux étaient inutiles, ne servaient à rien, à personne, et payaient tout au plus les dettes de nos aînés, leur misérable bonheur de l'entre-deux-guerres. Nous attendions des coups que nous ne pouvions pas rendre. Nous risquions de mourir, bêtement, non pour nous défendre ou sauver notre bonheur, mais simplement parce que nous nous trouvions là, sur le chemin qui allait du couteau à la plaie. Nous avions faim pour que les troupes allemandes mangent mieux ; nous avions froid pour qu'elles se réchauffent. Avant de connaître Kafka ou Camus, nous découvrions l'absurdité du monde. Cette guerre avait réussi à discréditer la Douleur, à la rendre bête.

Et du même coup, la vie parut à certains d'entre nous si fragile, si précaire, d'un si décevant usage, que, renonçant à la dominer, ils suivirent l'exemple de leurs aînés et s'abattirent dans ces plaisirs dont leur enfance avait été frustrée.

Malheureusement, ne devient pas homme de plaisir qui veut. Chez les héros de la nouvelle vague, chez les Tricheurs ou autres Dragueurs, le plaisir n'est pas gai, il existe toujours des arrière-pensées, ou au moins des arrière-goûts de remords. Dans les romans de Françoise Sagan, les personnages éprouvent à l'envi « un affreux sentiment de gâchis » – sentiment qui est peut-être d'ailleurs leur véritable délectation, une sorte d'euphorie du désespoir. Ce ne sont plus les illusions, mais l'absence d'illusions qui plonge ces âmes paradoxales dans un bienheureux vertige. Qu'importe que les plaisirs les ennuient, puisque l'ennui leur fait plaisir... Pour cette génération hostile à la vie, rien ne vaut les états d'hébétude, de demi-conscience : l'alcool, l'érotisme, la vitesse, tout ce qui grise, fait tourner la tête et fermer les yeux.

Parce qu'ils sont indifférents, on les croit revenus de tout. Je pense plutôt qu'ils sont bien décidés à ne jamais aller nulle part. On accuse leur sécheresse de cœur ; c'est reprocher à un malade de manquer d'appétit. Atteints par la guerre, par l'excès et la vanité de leurs souffrances d'une insensibilité maladive, pleins de méfiance envers la passion – puisque c'était à la passion qu'on attribuait tous les crimes, le fascisme, le nazisme, le racisme –, fatigués de vivre avant d'avoir vécu, ils fuient l'amour comme un hémophile fuit tout ce qui risque de le blesser. Et je crois que l'ambition, le succès, la gloire ne les intéressent pas davantage. L'essentiel pour eux est de se faire tout petits, de s'affirmer, de s'exposer surtout le moins possible. « Se dérober à la souffrance, disait Nietzsche – c'est-à-dire à la vie. » Ils ne sont pas, ils ne veulent pas être du voyage. Ils n'ont pris qu'un ticket de quai et se sont blottis dans la salle d'attente – réfugiés de la guerre, réfugiés de la vie, avec, comme Alain Delon ou Maurice Ronet, ce pli amer au coin de leur bouche maussade et, dans leurs yeux alourdis par des paupières trébuchantes, ce dégoût résigné de soi. Et ils attendent en écoutant battre l'horloge, battre l'horloge...

Pauvre génération, génération réellement sacrifiée, à qui échut le rôle obscur de combler les années creuses ! Certes, elle aura connu sa petite heure de gloire, la publicité ne lui aura pas manqué, et pendant quelque temps encore elle restera un sujet de choix pour les billets hebdomadaires de quelques chroniqueurs fourbus. Périodiquement, ses petits scandales, ses petits désespoirs viendront encore saigner dans la gibecière de M. Grandmougin, et le lecteur de *France-Dimanche*, doublement réconforté par le malheur des princesses et la virulence du « Mal du siècle », pourra s'endormir tranquille.

Car nos aînés s'inquiètent : « Et les jeunes ? Que pensent les jeunes ? » Ils paraissent trembler de nous voir découvrir quelque faute qu'ils nous auraient cachée. M. Alfred Sauvy, penché du haut du phare des statistiques, commente leur approche : ils montent, les petits diables ! de nouvelle vague en nouvelle vague, cela pourrait bien finir par un raz de marée... Le raz de marée commence.

Le mois dernier, au Palais des Sports, des centaines de jeunes gens frénétiques se sont roulés par terre et cassé des chaises sur le dos tout en pleurant d'adoration devant leur extravagante idole : Johnny Halliday, le Rock and Roll fait ange. Le rock and roll et ses supporters les J.V., bambins encore tout poisseux de confiture, mi-chevaliers, mi-bandits, avec leurs chaînes de vélo, leurs coursiers pétaradants et leurs blousons brodés d'aigles, ne paraissent jamais aux yeux du grand public que comme une confirmation spectaculaire de la pourriture de la jeunesse. Il était normal, se dit-on, que l'ennui finît par déboucher ainsi sur la violence ; ce qui avait commencé dans les caves avec le bop se poursuit sur des terrains vagues avec le rock. Je me demande s'il ne s'agit pas, au contraire, d'une transformation capitale. Ces quinze dernières années, les jeunes sont restés si tièdes, si soumis, si raisonnables que ces adolescents furieux ne sauraient être leurs frères. Loin d'incarner l'ennui, ils expriment brusquement la révolte. La révolte : enfin ! Mais contre qui ? contre quoi ? direz-vous.

Contre nous. Contre le monde que nous leur léguons. Cette carrière où ils entrent quand leurs aînés y sont encore leur paraît étouffante. Quelque chose en eux voudrait respirer, une partie d'eux-mêmes qu'ils rougiraient sans doute d'appeler leur âme et que nous ne leur avons d'ailleurs jamais nommée, qui a grandi seule, qui est retournée à l'état sauvage. Au beau milieu d'une civilisation soi-disant raffinée, au point de passer pour décadente, une génération retrouve tout à coup le culte primitif du saccage, les convulsions des danses profanes, l'amour du bruit et du sang, une espèce d'héroïsme barbare.

Révolte absurde. Vitalité gâchée : à qui la faute ? Leurs jeunes énergies s'exaspèrent contre le vide, mais personne ne leur a proposé d'en faire un meilleur usage. Autrefois, les passions politiques absorbaient ce trop-plein de force. Mais en politique, dans l'Occident moderne, ce ne sont plus des idées qui s'affrontent : ce sont des intérêts. On ne se passionne pas pour des intérêts. L'Église elle-même, ou en tout cas une partie de l'Église, intimidée par les progrès de la science et les conquêtes du libre esprit, n'ose plus parler de foi ni d'âme. Alors qu'elle aurait gagné partie d'avance si, en ces temps de lassitude et de dégoût, elle osait dénoncer les obsessions du monde moderne, le culte de l'argent, de la technique, du confort, elle s'imagine flatter la jeunesse en dépêchant auprès d'elle des prêtres dans le goût du jour, mi-savants, mi-laïcs, et, généralement, grands amateurs de psychiatrie. Oiseleurs sans filets ni cages, oiseleurs sans illusions, ils s'approchent timidement de ces enfants pour les féliciter de la liberté de leurs mœurs, et tout particulièrement de leur liberté sexuelle – comme dans un récent numéro d'*Esprit*. Ils se gardent bien de prononcer le nom de Dieu, de crainte de les effaroucher, et je redoute qu'à force d'éteindre ce nom sur leurs lèvres ils ne finissent par le laisser s'éteindre dans leurs cœurs. Dire que tous les démagogues de la jeunesse s'imaginent aller dans le sens de l'Histoire, vivre avec leur temps, en encourageant la licence et l'objectivité au moment même où nous sommes las de la licence, où chacun désire un ordre, des lois intérieures – ou tout simplement un idéal.

Panem et circenses ! Du pain et des jeux, telle est, depuis trente ans, l'ambition moyenne du Français moyen : tout ce qui implique quelque inquiétude spirituelle – les arts, les lettres, la religion, l'amour – périclite. Et tout ce qui flatte le plaisir, promet le bien-être, tout ce qui emplit les estomacs et les poches, prospère. Encore du pain ! Encore des jeux ! crient ces gourmands déjà repus. Et voici que la jeunesse française, dégoûtée de tant de festins, se cabre.

Longtemps je me suis senti seul. Ou plutôt : isolé. La solitude, chacun l'éprouve pour peu qu'il aime ou qu'il désire aimer, pour peu qu'il existe. Mon isolement me paraissait plus injuste et plus douloureux, pareil à celui des sourds, des étrangers. J'étais en exil dans mon époque. Il me semblait que personne de ma génération ne partageait mes colères ni mes désirs. Et les mots que j'aimais le mieux, que j'employais le plus souvent – volonté, ou tendresse, ou honneur – me fermaient les cœurs que je voulais gagner. Des jeunes gens raisonnables me répondaient : lucidité, lucidité, lucidité. La lucidité est une valeur dangereuse si l'on s'en contente ; elle nous rassure trop facilement ; nous croyons racheter nos faiblesses par la conscience que nous en avons. Parfois ils ajoutaient : objectivité. Et je me souvenais de ce mot de Nietzsche : « objectivité : manque de personnalité, manque de volonté, incapacité d'aimer ».

L'objectivité a fait long feu. Aujourd'hui, dans une grande partie de la jeunesse – et surtout chez les moins de vingt ans –, un nouveau romantisme s'éveille dont les blousons noirs ne sont évidemment que la caricature grossière. La jeune littérature nous en offre une expression plus raffinée, avec Jacques Coudol (*Le Voyage d'Hiver*, éditions du Seuil), ou Clément Rosset, philosophe de vingt ans (*La Philosophie tragique*, PUF). Au cinéma, Resnais a réhabilité les grands thèmes romantiques : l'amour, le temps, l'amour du temps.

Comme au XIXᵉ siècle, l'essor romantique d'aujourd'hui est d'abord une réaction contre la civilisation
matérialiste : à ces bourgeoisies douillettes, il oppose
son respect – presque son goût – de la souffrance ; à ces
bourgeoisies avares, la prodigalité de son cœur. Même
individualisme, même expansion du moi, même prédominance de la sensibilité et de l'imagination. Mais, à la
différence des romantiques de 1830, qui usaient volontiers de termes vagues et abstraits, ceux d'aujourd'hui
ont le goût du concret et le souci de la précision. Sans
doute est-ce le Dieu moderne, la Science, qui a laissé
jusque dans leurs rêves l'empreinte de sa rigueur.
Mieux encore : ils sont positifs, énergiques, combatifs.
La tristesse, dont nos aînés se sont repus au point d'en
assaisonner tous leurs sentiments, comme ces Anglo-
Saxons qui arrosent indifféremment leurs salades, leur
poisson et leur viande de la même détestable sauce
rouge – *Les Enfants tristes*, *L'Amour triste*, *Bonjour
tristesse*, *Le Bonheur des tristes* –, la tristesse leur paraît
trop facile. Ils lui rendent son véritable rang : un sentiment médiocre, vain et complaisant. Et c'est le bonheur
qu'ils réinventent.

« Le bonheur n'est pas gai », disait Maupassant. Le
nôtre non plus. Nous l'avons construit sur les ruines du
XXᵉ siècle, sur le désespoir de Kafka, de Sartre et de
Camus. C'est un bonheur âpre et tragique, à l'image
de cette Nature que nous aimons, de cette mer
qu'aujourd'hui tant de jeunes écrivains décrivent. Pour
ma part, entre tant d'autres rivages, ce sont ces rivages
bretons que je choisirais pour illustrer ce dur bonheur

– les rivages, les rochers bretons, et ces grèves… ces grèves bretonnes à la tombée du soir, au moment où plus rien au monde ne semble bouger que la mer, et où le roulement d'une charrette solitaire, au loin, se perd dans le roulement des vagues. Le soleil, dont le reflet frappait encore, tout à l'heure, la vitre d'une ferme sur la falaise, s'est éteint. L'imminence de la nuit rappelle une autre menace, permanente, inévitable. Dans quelques instants, il n'y aura plus de lumière, dans quelques instants nous allons mourir. Et tout à coup, dans cette fatalité même, dans la certitude même de mourir, nous découvrons une joie étrange. La joie, peut-être, de faire face ; de considérer notre fragilité, notre précarité, non plus comme les signes de quelque châtiment et la preuve de notre misère, mais au contraire comme l'effet d'un mécanisme à la fois gratuit et savant, miraculeusement agencé pour donner tout son prix à notre destinée. Nous pouvons l'appeler le Destin, ou la Nature, ou la Providence, ou la Volonté divine, qu'importe ? Le moindre objet devient précieux à nos yeux éphémères ; regarder, entendre, respirer seulement nous satisfait. Et nous sentons qu'il n'est pas de maladie, de malchance ni d'angoisse, qui ne puisse défier le bonheur de vivre – cet extravagant bonheur que nous devons à la fierté d'être mortels.

Loin de nous dérober à la souffrance, nous lui rendons son véritable prix – je dirai que nous la recherchons. Ceux qui comprendront masochisme ne comprendront pas. La souffrance, bien sûr, ne fait pas notre plaisir, mais parce qu'elle aiguise l'attention, parce qu'elle rend le cœur et les sens vulnérables au moindre objet, à la moindre phrase, elle redonne à chacun de nos instants déchirés la nouveauté, la profondeur, la plénitude dont les avait privés notre habitude de vivre.

Une nouvelle hiérarchie des valeurs s'impose alors : au lieu de rechercher ce qui nous serait doux, nous choisissons les extrêmes, l'aigu, l'intense. Voici un fragment du *Voyage d'hiver*, où Jacques Coudol exprime cette éperdue et imprudente poursuite du bonheur : « [...] notre pouvoir de bonheur, si grand ou petit soit-il, ne nous est révélé que par celui des souffrances qui nous réduisent. Nous tentons de séparer l'un et l'autre. Nous ferions tout pour oublier que nous avons été désespérés, et tout pour violenter notre mémoire au point de ne laisser accéder que le souvenir de nos plaisirs dans son espace. C'est comme si nous prétendions nous alimenter et nous conduire de telle manière que nous ne soyons jamais fatigués, jamais malades...

Et ceux qui prétendent avoir découvert le moyen d'être heureux, comme une méthode du gouvernement spirituel, n'avoueront peut-être pas, mais sauront ce que je veux dire. Leur façon n'est qu'un goût de l'extrême, une sorte de pari qu'ils se sont fait de jouer leur vie à pile ou face, en sachant bien que leurs revers seront terribles, mais aussi que leurs plaisirs auront une force inaccoutumée. Pour elle seule, ils ont pris ce risque. Et nous n'en saurons rien. Afin de conduire ainsi la conscience, il fallait d'abord l'entourer de mystère, la cacher. Et, pratiquement, pour un temps, ils se sont perdus de vue. »

Pendant longtemps, la vie a perdu son mystère. La Science, dont seuls peut-être les vrais savants devinent les limites, a fait se lever dans le monde un vent d'orgueil frénétique ; des esprits fragiles et médiocres ont cru éprouver tout à coup pour la connaissance une passion dont ils étaient bien incapables, mais qui les justifiait de se dérober à la morale, à toute la machinerie vieillotte des préjugés et des principes, accusée de favoriser l'obscurantisme. Au nom de la connaissance, chacun se passait ses moindres caprices. Seuls quelques arriérés conservaient le sens du refus, de la pureté, et limitaient honteusement le champ de leurs expériences. Les autres, mettant leur point d'honneur à se croire capables de tout – ce qui suppose en effet de la grandeur, mais chez les seules âmes d'élite –, ravis d'acquérir à si peu de frais la bonne conscience de leurs petits vices, jugeaient toute chose réductible à un phénomène scientifique et se ventaient d'y voir clair en tout. « Il n'y a pas de question », fut longtemps l'expression à la mode. Combien de braves gens se sont ainsi laissé éblouir par les « docteurs » ! Combien de grandes passions, de rêves fous se sont flétris dans les cabinets des psychiatres, comme des fleurs sous les doigts des vampires...

La vie ne paraît claire qu'à ceux qui ne l'interrogent pas. Avec le sens de la question, nous avons retrouvé celui du mystère. Certes, nous désirons toujours la lumière, mais moins sûrs de la posséder que de la poursuivre, attentifs à toujours laisser sa part à l'ombre, nous avons le respect de l'inexplicable, nous subissons volontiers le charme incertain des signes, et le forfait nous émerveille.

Voilà sans doute trop de nuances, et qui risquent de finir par paraître contradictoires. Peut-être aurais-je dû me contenter de dire que nous aimons la vie. Nous l'aimons tant, cette vie tragique, que le tragique lui-même nous semble aimable. Qui aime la vie aime la mort.

Le jeune Clément Rosset, avec sa *Philosophie tragique*, est un excellent exemple de ce renouveau d'énergie, de vitalité, qui nous permet d'assumer notre condition douloureuse, et même de nous enivrer de sa douleur. Un passage de son livre m'a particulièrement frappé, où il décrit une fête, l'harmonieuse agitation des danses, la gaieté des voix, la légèreté de la musique – et où, brusquement, à travers une jeune fille qui s'élance vers son cavalier, il imagine la présence transparente, le souffle secret de la mort. « Nous admirons ces danseurs, écrit-il, et nous ressentons une fierté d'exister, parce que nous savons, par leur allégresse tragique, qu'ils savent que *l'allégresse n'est pas pour l'homme* : et voilà, je l'ai dit, la seule source véritable d'allégresse ; nous les aimons parce qu'ils ont, au moment même de leur danse, la révélation aiguë, beaucoup plus aiguë que dans les autres moments de leur existence, qu'ils sont éphémères et mortels, que leurs pères sont morts, qu'eux-mêmes vont vieillir, que peut-être l'amie avec laquelle ils dansent en ce moment périra demain d'un accident. Notre fête, c'est la révélation subite du tragique ; c'est le voile du bonheur qui se déchire… »

Amoureux de la vie, comment ne le serions-nous pas aussi de l'amour ? Mais, là encore, d'un amour grave, exigeant et pur. Non pas orageux à la manière romantique, car nous répugnons à compliquer pour rien les passions, et le seul risque de la comédie nous fait horreur. Ce qui distingue le mieux les romantiques d'autrefois et ceux d'aujourd'hui, c'est peut-être cela : le degré de virilité. Les défauts féminins sont ceux que nous exécrons le plus : le jeu, le mensonge, la coquetterie, l'artifice.

Cet amour ne refuse pas la chair, ce n'est pas un amour angélique, il sait ce qu'il peut devoir au plaisir. Mais l'érotisme, singulièrement à la mode depuis vingt ans, a perdu tout à coup son prestige monotone. Les écrivains qui s'imaginent encore illustrer la détresse de l'Occident par la description d'une partouze, les cinéastes qui s'ingénient à faire voler les jupons et tomber les pans des peignoirs nous paraissent péniblement démodés. Sans doute s'apercevront-ils bientôt qu'ils ne font pas bâiller que les corsages. Nous sommes décidément saturés de ces cuisses de vamps, de ces parties fines, de ces strip-teases, de cet immense effort de propagande entrepris par une génération éreintée, à demi impuissante, pour tenter de stimuler ses sens émoussés et ses reins vides. « Je n'en parle jamais, mais je le fais beaucoup », répondit une dame du grand siècle à un gentilhomme qui la questionnait sur l'amour. Nos aînés, justement, en parlaient trop.

Rien ne s'use aussi vite qu'un corps. Le pire est qu'il use d'avance les autres corps inconnus qui, à quelques détails près, lui ressembleront. Il faut exiger bien peu de la vie, et avoir d'avance accepté l'ennui, pour se contenter du plaisir physique. L'amour moderne, sans illusions sur l'érotisme, est redevenu tendre.

Mais nous avons dû renoncer aussi à des illusions plus douces. Nous savons que l'amour ne brise pas les solitudes ; nous savons qu'il n'atteint jamais tout à fait le rêve de communion qu'il poursuit ; nous savons que le temps l'altère. Qu'importe, nous acceptons tout cela d'avance, comme l'une des conditions tragiques de notre destinée. Et je ne crois pas que les plus grandes amours soient les plus ambitieuses, au contraire. Ces fins de baisers, ces regards qui doivent se désunir, à tout moment semblent préfigurer la séparation dernière, dont nous sentons la menace dans l'ombre, imprévisible, si proche peut-être, peut-être préméditée par nous-mêmes – et nous rendent plus précieuse encore la possession de ce que nous allons perdre.

Le temps, ce temps qui travaille à notre perte, nous l'aurons ainsi bien joué. Au lieu de lui résister vainement, de s'arc-bouter contre son cours fatal, nous nous laissons emporter de face vers la mer, vers l'instant ultime que nous ne redoutons plus, où nous attend la paix, où nous attend peut-être enfin la lumière.

TABLE

RÉALISATION : IGS-CP À L'ISLE-D'ESPAGNAC
IMPRESSION : NORMANDIE ROTO S.A.S. À LONRAI
DÉPÔT LÉGAL : SEPTEMBRE 2012. N° 108809 (122948)
Imprimé en France